百華後宮鬼譚

目立たず騒がず愛されず、下働きの娘は後宮の図書宮を目指す

霜月りつ

ポプラ文庫ピュアフル

目次

CONTENTS

HYAKKA
KOKYU
KITAN

Presented by Ritsu Shimotsuki

第一話　甜花、新しい夫人《おくさま》にお仕えするの巻

序

「……君をお嫁にもらってあげる。そしたらいつも一緒にいられるよ」

白く小さな花が房になって下がっている。その花陰で少年はわたしに囁いた。

「いいよ、おにいちゃんが——になったらおよめさんになってあげる」

わたしは笑って答えた。少年の顔は花に隠れて見えない。差し出された細い手首に、七色の石がはめ込まれた腕輪が光っていたことは覚えている。

「ほんと？　約束だよ」

少年はわたしと手のひらを合わせ、指を絡めた。

「うん、やくそく。やくそくする」

だからいつかわたしをお嫁さんにして。待ってるわ、待ってる……。


「……る」

呟いた自分の声で目が覚めた。甜花《テンファ》は顔を上げ、寝台の上の祖父を見て、ほっとする。

久しぶりに懐かしい夢を見た。もう一〇年も昔の幼い約束の記憶。

今では記憶もところどころ薄れ、少年の名前も会話の一部も抜けてしまっている。

それでも彼が初めて好きになった男の子だったのは確かだ。胸の奥に大切にしまい込んだ初恋の思い出。いつかまた出会えるだろうか？　そうしたら再び求婚してくれるだろうか……。

（いけない、いけない。今はそんなこと考えているときじゃないわ）

周り中が本で埋まった書棚となっている小さな部屋で、祖父が死を迎えようとしているのだ。甘い記憶に浸っているひまはない。

医者が言うにはあとひと月ほど、ということだったが、祖父は自身の死期をきちんと把握しており、孫娘に今日明日だと伝えていた。

老人は規則正しい呼吸を繰り返していた。その呼吸の間隔がひどく長くなっている。このまま間隔が開き続け、やがて止まってしまうのだろう。

「おじいちゃん……」

手燭《てしょく》の明かりを近づけて、甜花は祖父の顔を見守る。やつれた顔には深いしわが刻み込まれ、口元を覆う銀色の髭はすっかり薄くなってしまった。

かつては「知の巨人」として数々の相手の弁を打ち負かしてきた唇はかぼそく息を吐き、多くの書物を著した手は、力なく寝台の上にある。

那《ナ》ノ国の優れた知恵と知識は、死という闇に飲み込まれようとしている。

ぴくりとしわのひとつが動き、ゆっくりと薄い瞼が押し上げられた。

「おじいちゃん」

「……甜々《テンテン》、」

祖父、士暮《シグレ》は孫娘を愛称で呼び、優しく灰色の瞳を向けた。

「夢を見ていたよ」

「そう？　どんな夢？」

「おまえに会ったときの夢だ……」

「山の夢？」

甜花は表向きは士暮の孫という立場ではあるが、血のつながりはない。彼女は一四年前、一歳になる前に士暮に山で拾われたのだ。そのことは祖父からきちんと聞いていた。

血のつながりがないのは寂しいが、士暮はそんなものよりも大きな愛情で甜花を包み育ててくれた。

士暮はふうっと大きく息をついた。

「甜々、わしはもうそろそろのようだよ」

「はい」

引き留めるような言葉は言わない。祖父の心残りを引き出してはいけないからだ。心を残せばその魂は鬼霊《きれい》となり、永遠にさまようことになる。

「楽しい人生だった。わしは十分生きたよ。知りたいことを調べ、集め、分類した。好きなことをして生きた」

祖父は孫に笑って見せた。

「ただ、わしの集めたこの資料や書物たちの行く末が心配だな」

「大丈夫。わたしが蔵を借りておじいちゃんの資料は全部保管する。だから安心して」

甜花は用意していた考えを述べた。祖父の心残りをなくすために。

「保管か……」

しかし、祖父の目は陰った。

「保管するだけではだめだな。ここの資料や書物は人の役に立つ。大勢の人が自由に使えるようにならなければ」

「そんなの……」

古い書物の一部は綴《と》じが壊れたり、頁が破れたりしているものもある。他の人が閲覧するにはそれを修復しなくてはならない。

「むずかしいだろうな」

祖父は疲れたように目を閉じた。その目をもう一度開けさせたくて甜花は必死に考えた。

「……そうだわ、図書よ！　後宮の大図書宮《ぐう》！　そこに保管してもらえばいいんだわ」

士暮の目が再び開き、そこに輝きが戻る。

後宮の大図書宮。そこにはこの那ノ国の知識がすべて納められているという。

心躍る冒険の物語、胸震える愛の物語などの創作物、そして万物のなぞを納めた博物誌や天球誌、医学薬学妖学にいたるまで、知の専門書がきちんと保管されていて、国民は手続きを踏めば誰でもそれを閲覧できるのだ。

「それはいい考えだ。しかし一介の年寄りの書物など保管してくれるだろうか？」

「一介の年寄りなんて……おじいちゃんは元宮廷博物官じゃない。孤高の士暮、知の巨人。そんなおじいちゃんが集めた資料ならきっと……」

「宮廷博物官か……」

士暮は苦い笑みを浮かべた。

「一〇年前に皇宮を追われ、その官位もなくなった。今や誰も覚えておらんよ」

言いながら悲しくなったのか、祖父の目の光が弱くなる。甜花はその手を握って励ました。

「じゃあわたしが図書宮の書仕《しょし》になる！　そして必ずおじいちゃんの資料を大図書宮に収納するわ、約束する！」

ぐっと手を握り返された。我ながら素晴らしい思いつきにわくわくする。本を集め、本を管理し、本に仕えるのが書仕の仕事だ。自分も本は大好きだし、祖父の思い出の詰まった書物に囲まれて生きられるなら幸せだ。

「おまえが書仕か……向いているかもしれんのう」

祖父の顔に表情が戻ったことが嬉しく、甜花は力強く手を握った。

「ええ、そうよ。わたし、書物が大好きだもの、読むのも集めるのも修理だって！」

「だが、書仕への道は険しいぞ」

「わかってる、でも書物のための努力ならいくらでもできるわ」

祖父は微笑んだ。

「わしのもうひとつの心残りはおまえのことだったのだが、おまえが自分の生き方を選んだのなら、安心だ……。おまえにはあの力もあるから余計に……」

「ほんとはおじいちゃんには心残りを持っててほしかったの。おじいちゃんが鬼霊になったらまたお話ができるかもしれないと思ったから」

甜花は冗談めかして言った。半分は本心だ。祖父はその言葉にかすかに顔を横に揺らした。

「残念じゃがわしは自分の死に納得しておる。いい人生じゃった」

そう言われて甜花はがっかりする。いつもはうとましく思っていた力がようやく役に立つかもしれないと思ったのに。そんな甜花に士暮は優しい目を向けた。

「おまえが書仕になるまで見守りたいがそれも無理だ。だが、代わりにおまえを守ってくれるものがいる」

「え？」

「甜々、その机の一番下の引き出しを開けてごらん」

士暮は目線で甜花の背後の机を示した。言われた通り引き出しを開けると赤い絹布が貼られた小箱があった。

「赤い箱があるわ」

「開けてごらん」

手のひらに載る小さな箱を開けると、中には大粒の胡桃《くるみ》がひとつ、入っていた。大きさ以外はなんの変哲もないように見える。甜花はそれを取り出して灯籠《とうろう》の灯《ひ》にかざした。胡桃の殻はつやつやとして小さな光を跳ね返す。

「その胡桃を割るのだ」

「え？　食べるの？」

祖父は首を振る。

「割りなさい」

「わかったわ、ちょっと待ってて」

甜花は首を傾げながらも部屋を出て厨房へ向かった。胡桃割りの道具があったはずだ。

「おじいちゃん、今胡桃を割るからね」

ねじを回すことで力をかけ、硬い殻を割る仕組みの道具——それに胡桃をはさみ、甜花は横についたねじを回した。

大きな胡桃はたいそう硬そうに見えたが、軽くねじを回しただけで、ぴしりとひびが入る。

「ああ、これで——」

士暮はため息をつくように囁いた。そのとたん、そのひびから白い光があふれ、胡桃の殻が砕け散ると同時に光が部屋中に広がった。

「なに、これっ！」

甜花が悲鳴をあげる。光は収縮し、強く光る球体となり、部屋の壁をすり抜けて外へ出てしまった。

甜花は急いで窓に駆け寄り、その光の行く先を目で追った。光はあっという間に東の空へと飛んで、やがて消え去った。

「おじいちゃん、今のなに……」

振り向いた甜花は言葉を失った。祖父であり、元宮廷博物官である士暮は、満足げな笑みを浮かべて息をひきとっていた。

一

それから二ヶ月後、秋の終わり。甜花は那ノ国の後宮にいた。色づいた葉が、はらはらと散る中庭の回廊、その欄干を膝をついて磨いている。

祖父が死んだ後、家中の金目のものを集めて売り払い、蔵をひとつ、一〇年契約で借りた。そこに祖父の残した資料をとりあえず保管する。そうして無一文になった甜花は、後宮に使用人を斡旋している口入屋の門を叩いた。

「後宮で仕事をしたいの」

口入屋はいい顔をしなかった。後宮は若い女性に人気のある職場だ。甜花のような貧しい少女を紹介しなくても、娘に行儀作法を身につけさせたり箔をつけさせたりしたい裕福な親が、金を払って斡旋してもらおうとする。

「いくつになったんだい？」

「先月十五になったわ」

「十五か……。別な仕事のほうがいいんじゃないのか」

「別な仕事？」

「そうだな」

口入屋は甜花をじろじろと見た。

「茶屋なんかの水商売には色気も胸も足りないな。用水路工事の飯場仕事も、ほそっこくてちびだから力仕事はできそうにない。商家への奉公もあるが、もう少し愛想をよくしないと……素材は悪くないんだからちょっとにっこりしてみろ」

後宮以外に勤めたくなかったので甜花はむすっとしたまま口入屋を睨んだ。

「強情な子だね、かわいげがないと仕事はできないよ？」

このままでは断られるだけだと思った甜花は、仕方なく、普段はうとましく思っている自分の力を使うことにした。

「……あなたの奥さん、長いこと患っているでしょう？」

「な、なんだ、いきなり」

「わたしにはそういうことがわかるの」

甜花は目を細め、口入屋の肩のあたりを見つめた。

「わたしを後宮に紹介してくれるなら、その病を治してあげるわ」

口入屋は疑いながらも長患いの妻が回復するなら、と甜花の話を聞いた。

甜花は「前の奥さんの墓を掃除しなさい、その人が好きだった花を飾り、毎月お参りに行くと墓の前で約束しなさい」と伝えた。

口入屋は最初は甜花の言うことを信じようとしなかったが、甜花が前妻の容姿や死んだ時期を当てたので、怖くなって言う通りにした。

前妻の墓を掃除し、花を飾り、毎月お参りに来ると約束すると、その直後から妻の体調が回復した。

口入屋は喜び半分、気味悪さ半分で、自宅で待っていた甜花を後宮に紹介した。

こうして甜花は後宮の下働きになった。後宮に入ったものは、夫人付きの使用人でないかぎり、まず、下働きから始める。

そこで二年勤めると、次には夫人付きか、専門職の召使《しょうし》となる。そこで認められれば役職がつき、部屋を持ち、給金もあがることになる。

甜花が目指すのは後宮の図書宮の召使だ。そこからさらに書仕へと進みたい。

そうは言っても希望通りの職につけるとは限らない。できるだけ上のものに気に入られ、便宜を図ってもらわなければならなかった。

そのためにはまず、下働きの仕事を真面目にこなすことだ。

甜花の入った現在の後宮は、多少微妙な状態にあった。

第二十代皇帝が昨年亡くなり、弱冠十八歳の皇太子がこの春、皇帝に即位した。現在の後宮はその若い皇帝のために新しく作られている。皇后に一番近い地位の后《きさき》たちは四人、いずれも大貴族や大臣の娘たちだ。その次の位の妃《ひ》は佳人《かじん》と呼ばれ、その数は九人、こちらは地方の有力な領主たちのもとからやってきている。ただし、九番目の佳人だけは入宮する旅程の中で体調を崩し、故郷へ戻って以来空席となっていた。

そんな後宮に、皇帝は春、夏、秋と、まだ一歩も足を踏み入れていない。若さゆえに後宮の必要性を感じていないのかもしれない。主がいない後宮は花ばかりが豪華に咲き誇り、芳香は澱み、蜜はたまって腐り出していた。

このまま皇帝が渡らなければ、後宮はなんのために存在するのか。

「ちょっとそこの黄仕《こうし》、このたらいを洗濯房へ持っていっておくれ」

厨房から召使の一人に声をかけられた。そのとき甜花は渡り廊下をぐるりと取り囲む欄干の拭き掃除をしているところだった。

甜花たちのような下働きはみんな黄色い腰布を巻いていて、黄仕と呼ばれる。召使以上の身分なら、誰でも自由に彼女たちを使うことができた。

甜花は一瞬顔をしかめた。厨房にはいくつか出入り口があるが、声をかけた召使が立っている場所にはあまり行きたくない。しかし、

「はい、わかりました。この欄干を拭いたらすぐに」

命じられればなんでも従う。できないと言ってはいけない。ただ優先順位は守らなければならない。

「なるたけ急いでよ」

召使はそう言うと厨房の中へ戻っていった。

甜花は急ぎはするが決して手抜きはせず、欄干を磨いてゆく。欄干のあとは廊下に下げられている吊り灯籠の掃除も仕事のひとつだが、その合間に洗濯房へ行くことはできるだろう。

ぐるりと廊下を取り囲む欄干をようやく磨き終え、甜花は厨房へ向かった。できるだけ足下を見つめ周りは見ないようにする。とくに厨房へ至る廊下の壁は。

厨房の壁に立て掛けられているたらいの前に立つ。甜花が丸まって寝られるほどの大きさで、手で運ぶなら二人は必要だろう。

甜花はよいしょ、とそれを立てると側面を軽く押した。ゴロリ、とたらいが転がる。この運び方で外に出ると怒られるかな、とチラと思ったが、あとで泥汚れを落としておけば気づかれないだろう。

たらいを押しながら廊下を進む。落とした視線の先に赤い靴を履いた足があった。甜花はそれを無視する。

ごとり、とたらいがその足を踏んだ。たらいはその足の持ち主にぶつかっているはずだ、彼女に実体があるのならば。

（ごめんなさい）

甜花は胸の中で呟いた。

（わたしにはなにもできないのよ。あなたがそこにいる理由もわからないもの）

理由がわからないのは彼女が話せないからだ。美しい女なのに、その口の中は真っ赤な血で溢れている。おそらく、舌とのどを焼く毒を飲んでしまったのだろう。女はいつもごぼごぼとのどの奥で血を噴きあげ、うつろな目で空を睨んでいた。

彼女はずっとそこに立っている、昼も夜も。心を遺して死んだ、鬼霊。

以前、仕事をしながらそれとなく聞いてみたことがある。「血を噴いて死んだ女の幽霊の話、ご存じですか」と。

年上の下働きの女はぶるぶると震えて声を潜めた。

「春先にね、苑恵《エンケイ》后の召使が毒をあおって死んだんだよ。あてつけに苑恵后の宮から見える廊下でね」

女は四后の一人の名を言った。

「あてつけ？」

「ひどくいじめられていたらしいよ」

「苑恵后さまにですか？」

「いや、召使同士でね。おお、怖」

自死、とは思えなかった。立ち尽くす鬼霊の手首には縄目のあともあったからだ。束縛され、むりやり毒を飲まされたのか。死に物狂いで逃げ出して、その廊下で死んだのか。

甜花にはわからない。鬼霊は語らずそこにいるだけだからだ。

祖父が心配した甜花の能力はこの力だった。鬼や妖など、人ならざる異形を視る能力《ちから》。生きていく上ではなんの役にも立たない力。恐ろしいもの、いやなものを見るだけのうっとうしい力。

他の人には視《み》えないのだ、ということがわかったのは、数を数えられるようになった年だ。なんでも知っている祖父でさえ、鬼霊は視えない。

鬼霊が視え、時には話をすることもできる甜花は、幼い頃からよく鬼霊たちに追いかけ回された。甜花の怯えを楽しむものもいれば、自分の話を聞いてもらおうとするものもいる。

あまりに鬼霊と近すぎると、この世ではない鬼道《きどう》へ落ち込むこともある。

それを懸念した祖父から、甜花は鬼霊の祓い方や近寄らせないようにする方法を教わった。しかし、残念ながら甜花にはそちらの才能はなかったようで、力の弱いものならともかく、念の強い鬼霊や力のある妖には対処できなかった。結局、できるだけ関わらないという消極的な対策しかない。

それに鬼霊が視えると言って喜ばれたためしがない。

幼い甜花の無邪気な言葉で、祖父は何度も引っ越しをするはめになった。成長してからは他人に言ってはいけないのだと理解したが、視えればつい口にしてしまう。そのため、大人は気味悪がり、自分の子供たちに甜花と遊ぶなと言った。子供たちも大人のそんな空気を感じ取り、甜花に近づくのはいじめるときだけだった。

だから今まで友達の一人もできたことがない。

「平気よ、わたしには書物があるもの。書物の中にたくさん友達がいるもの」

ひとりぼっちの甜花を心配する祖父に、甜花はそう言って笑った。そして書物の表紙の裏でこっそりと涙を零す。

「こんな能力《ちから》、いらない」

だから無視する。鬼霊には関わらない。

甜花は早足で血を噴き出す女の前を通り過ぎた。

厨房から洗濯房までは外庭を通ればすぐだ。

洗濯房は外庭を流れる自然の川の水を利用して、後宮内の洗濯を一手に引き受けている。下働きの誰もがやりたくない仕事としてここをあげる。冬は川の水が冷たく、夏は洗濯物の量が増え、一年中忙しい房だ。

洗濯房の敷地に入り込むと、一日外へは出してもらえないと恐れられていた。

甜花もできれば重労働はしたくないので、洗濯房の召使たちに見つからないようたらいを返そうと思った。

敷地を隔てる植え込みの中から洗濯房を窺うと、幸い建物の外には誰もいない。甜花はたらいを急いで運び、壁に立て掛けた。あとは周りの汚れを落とすだけだ。

甜花は黄色い腰布をはずすと、それを持って川に走った。川の水で濡らし、たらいを拭こうと思ったのだ。

その川辺に少女が一人しゃがみこんでいた。甜花と同じ、黄色い布を身につけているので下働きに違いない。

彼女は川の流れに布をつけ、それをごしごしともみこんでいたが、時折目をぬぐっていた。

泣いているらしい。

面倒事は避けたいと思っていたが、甜花は少女のそばに寄った。彼女の洗濯物はどうやら手にした布だけらしいのに、泣いているのが気になったからだ。

「……どうしたの？」

甜花は用心深く声をかけた。洗濯をしていた少女はびくっと顔をあげ、甜花が同じ下働きらしいとわかってほっとしたように息をついた。少女はふっくら丸い頬をして愛らしかったが、泣きすぎて目が腫れていた。

「なにか悲しいことがあったの？　いじめられたの？」

甜花の言葉に少女は首を振った。

「違うの。この汚れがとれなくて……これをきれいにするまで部屋に帰っちゃだめだって言われて」

少女は甜花に布を見せた。白い生地に、桜桃の実くらいの大きさの茶色い染《し》みがついている。

「全然薄くなってくれないの……あたし、お昼ご飯も食べてないの」

「そんなにやってるの!?」

今はもう昼時間から二限（二時間）は過ぎている。甜花は驚き呆れて少女の隣にしゃがみこんだ。

「見せて」

受け取った布は薄い長下衣《スカート》で、赤ん坊の手のひらほどの大きさの染みがついていた。色は赤茶色で、甜花はそれを日にすかしたり匂いをかいだりしてみた。

「食べ物か血か……長下衣のお尻のあたりだから、もしかしたら経血かもしれないわ。血の染みは落ちにくいのよ」

「どうしよう……」

「ちょっと待ってて」

甜花は少女に布を返すと、厨房に走って戻った。夕餉の準備に忙しい厨房を覗き、さっきたらいを運ぶように言った召使を捜す。

「いた」

彼女は瓶から麦をマスですくって鍋にいれているところだった。甜花はその女に小走りで近づいた。

「あの、すみません」

「わあ、びっくりした！　なによ、あんた」

女は驚いたようだったがマスを落とすことはしなかった。

「さっき、たらいを運ぶように言われて運んだんですが」

「ああ、そうなの、ご苦労さん」

女はもう甜花を見ずにまた瓶にマスを差し入れた。

「申し訳ないのですが大根をひとかけいただけませんか？」

「大根だって？　なにをするの」

「実は夫人がちょっと粗相なさって大事な布をお汚しになって……。その染みをとるのに必要なんです」

「そんなの洗濯房に頼めばいいじゃない」

女は手を休めずに答えた。

「洗濯房には頼めない代物なんですよ……大根をいただいて染みを落とせたら、きっと夫人はお喜びになって、親切な厨房の召使の名前を尋ねるでしょう。夫人に名前を憶えてもらえると、いろいろといいことがあるかもしれませんよ？」

「あら……」

厨房の召使はさっと周りを見回した。いろいろないいこと、と具体的ではないにしろ、悪い目には遭わないと思ったらしい。

「いいわ、待ってて」

手早く鍋に麦をいれる作業を終わらせると、女は厨房の奥に走ってゆく。甜花は房の外で待っていた。

「お待たせ、これでいい？」

召使は小さな大根のさきっぽをよこした。

「あんたの夫人って誰なの？」

「第八座の斉華《サイファ》さまです」

甜花は佳人の一人の名を言った。後宮では三番目に身分の高いその九人を九佳座と呼ぶ。

「ありがとうございます。あなたのお名前は？」

「あたしは蓮《レン》っていうのよ。夫人によろしくね」

甜花は受け取るとさっと駆け出した。もたもたして他の用事を頼まれてもまずい。

もちろん甜花は斉華という佳人の館に仕えているわけではない。たまたま覚えていたのがその名だっただけだ。だが館付きの下働きは大勢いる。蓮が斉華の館に行って甜花を見つけるのはむずかしいだろう。

甜花が洗濯房の敷地に戻ると、少女は無気力な様子で布を水に浸していた。

「お待たせ、これを使ってみよう」

甜花は少女の横に座って大根を小石で細かく砕き、それを自分の小手布《ハンカチ》で包んだ。少女の腰の黄色い布をたたんで地面に置くと、その上に血であろう染みのついた布を置く。

大根を包んだ布でとんとんと染みを叩くと、染みが下の布に移ってゆく。布を叩くことと水洗いを繰り返していくと、茶色い染みがじわじわと薄くなっていった。

「すごい！　染みがとれていくわ」

少女が目を丸くして嬉しそうに叫ぶ。

「もう少し待って」

甜花は根気よく大根を包んだ布で染みを叩き、水で洗う。かなりきれいになったようだ。

「完全にとれたわけじゃないけど、これ以上は無理でしたって見せてみて。ここまでやったなら叱られはしないはずよ」

「ありがとう！」

少女は大きな目に涙を浮かべた。

「あたし、明鈴《メイリン》っていうの。あんたは？」

「甜花」

「そう、甜花、ね。どうしてこんなことができるの？　これってみんな知ってることなの？」

「教えてくれる人がいればね。明鈴は家で洗濯したことがなかったの？」

「うちでは洗濯は洗濯女がすることだったんですもの。あたしは洗濯どころか汚れ物にさわったこともなかったわ」

なるほど、明鈴はお金持ちの家で育ったらしい。染みの落とし方も教えないとは、洗濯房のもののいやがらせなのだろう。

「後宮では貴族の娘か、平民だったらよほどお金を積まないといきなり召使以上になることはできないわ。仕方がないとわかってるけど、下働きがこんなにつらいなんて思ってなかった」

明鈴はため息をつく。

「あたし、家では下働きたちに簡単にものを言いつけていた。年季が明けて家に帰れたら下働きたちを大事にするつもりよ」

明鈴の言葉に甜花は微笑んだ。彼女は金持ちの甘ったれではないようだ。きっといい女主人になるだろう。

「甜花、ありがとう。あたし、後宮に来て親切にしてもらったの初めてよ。ねえ、よかったら友達になってくれない？」

「友達？」

「ええ、後宮は広いからまた会えるかどうかわからないけど、友達がいると思うだけで嬉しくなるわ。それに会えたらもっと嬉しいわ」

「友達……」

甜花はためらった。考えてみれば自分は友達というものを持ったことがない。鬼霊が視えることで嫌われたり、祖父の手伝いで資料を整理したりで子供らしいことをしていなかった。友達という言葉は知っているがどうやって作るのかも知らなかった。でも。

（そうか、友達になろうって言えばいいだけだったんだ）

「甜花？　だめかしら……」

明鈴がまた泣きそうな顔になる。甜花はあわてて首を振った。

「違うの。わたし、嬉しかったからぼうっとしちゃって……」

「ほんとう？　じゃあ、友達になってくれる？」

「ええ、こちらこそ……そのぅ、よろしく？」

明鈴はぱっと甜花の手を摑んだ。

「嬉しい！　これであたしたち友達よ！　ねえ、あたしのことは小鈴《シャオリン》って呼んで。親しい友達はみんなそう呼ぶの」

明鈴の手の力強さに甜花はどぎまぎしながら答えた。

「うん……。わたしは大体西の回廊のほうで仕事をしているわ」

「西ね！　あたしもそっちの仕事をもらうようにしてみるわ」

そう言うと明鈴は手を離し、布を拾いあげた。

「じゃあ、あたし房に戻るわ。また会いましょうね」

「うん……小鈴。あ、あの、」

「ん？」

「わ、わたしのことは甜々って呼んで。おじいちゃんはそう呼んでたから」

それを聞いて明鈴はうふふとくすぐったそうに笑った。

「わかったわ、甜々！」

名を呼ばれて心がぽっと温かくなる。

「じゃあね、甜々！　またね！」

明鈴は手を振って駆け出して行った。その背中に甜花も手を振る。

「……またね」

またね、だって！　こんなこと言ったことなかったわ！

甜花は明鈴に握られた手をもう片方の手で握った。心臓がドキドキして首から上がぽうっと熱くなる。

友達！　初めての友達！

書物の中でしか知らなかった友達がこの後宮でできるなんて！

でも鬼霊が視えることは言っちゃだめ。小鈴を怖がらせてしまうし、嘘つきって言われるかもしれない。だけど、だけど。

甜花は手を組んで空を見上げた。午後の明るい日差しが優しく目の中に落ちてくる。

（おじいちゃん！　わたし、友達ができたよ）

天の星になった祖父は喜んでくれるだろうか？

甜花は鼻歌を歌いながら、運んできたたらいの泥汚れを水で落とした。そのあと歌に合わせて踊るような足取りで、次の仕事へ向かった。

それから何日かした朝、数人の下働きの少女たちが内庭園に集められた。その中に洗濯房で会った明鈴がいた。

明鈴は甜花を見つけると小さく手を振る。そんなことで嬉しくなる自分に驚いた。

（これが友達かあ……）

心のどこかがぽかぽかする。甜花も胸の前で明鈴に向かってちらちらと指を振った。

正面に館吏官《かんりかん》の老女が立った。館吏官は後宮の人事や管理を行う部署だ。老女は重そうな分厚いまぶたの下から、ぐるりと並んだ少女たちを見つめる。

「ここにいるのは今年十五になった娘たちだ、そうだな？」

館吏官の声に少女たちはいっせいに「はい」と答えた。

「ではこの中に右半身に痣を持っているものはいるか？」

ざわりと少女たちの息が揺れた。甜花は思わず拳を握る。

右半身――右の肩に痣があった。梅の花のような痣がふたつ。今まで他人に見せる機会も必要もなかったのだが、尋ねられたら答えねばならないだろうか。

「――はい」

端に立っていた大柄な少女がおずおずと手を挙げた。

「右の足に痣がありますが」

「他にはいないか？」

館吏官が顔を巡らす。その目が自分を見たような気がして、甜花は首をすくめた。

「一人だけか」

甜花は考えた。あと二年は後宮で奉公する。その間に右肩の痣が見つかるかもしれない。そのとき、隠していたことを知られたら罰を受けるかもしれない。痣があったらどうなるかはわからないが、隠していたことがばれるほうがまずいだろう。

「はい」

甜花は手を挙げた。

「右肩に痣があります」

明鈴が心配そうな視線を向ける。それに甜花は笑みを返した。

「ではその二人以外は戻るように」

ぞろぞろと少女たちが内庭園から出て行く。明鈴はまた手を振ってくれた。それだけで心が軽くなる。友達というのはたいしたものだ。

甜花と、足に痣があるという少女は館吏官の部屋に連れていかれた。二人はその痣を見せるように言われ、少女は長下衣を引き上げ、甜花は上衣を脱ぎ、腹掛けだけになった。

数人いた館吏官は二人の痣を確認した。

「こちらの娘のようです」

館吏官は机に両肘を乗せている鋭角的なあごをした館吏官長に言った。甜花のことだ。もう一人の少女は帰され、部屋には甜花だけになった。なにを言われるのか、どうされるのか、甜花はドキドキしながら待った。まさか後宮を辞めさせられるわけではないだろうな、と一抹の不安が胸をよぎる。

「甜花水珂《スイカ》……。ほう、祖父は士暮水珂殿か。元博物官だな」

白髪を頭頂でまとめた館吏官長は、甜花の履歴書を見ながら言った。祖父のことを覚えていてくれてちょっと嬉しくなった。

「両親は？」

「おりません。わたしは祖父……士暮の養女ですので」

「娘ではなく孫娘として引き取られたのか。士暮水珂殿のもとには何年いた？」

「十四年です」

「士暮水珂殿は息災か？」

「いえ、この春に亡くなりました」

館吏官長は初めて表情を揺らした。

「そうだったのか、すまない」

痛ましそうな顔をする館吏官長に、甜花は好感を持った。

「いえ、祖父は人生に満足して逝きました」

祖父は鬼霊にはならなかった、残念ながら。

「高名な博物官、水珂殿の孫なら読み書きはできような」

「はい。一通りは」

「そうか」

館吏官長は履歴書を机の上に放り出し、初めて甜花に笑みを見せた。

「九佳座の末席が長らく空席だったことは知っているな？　甜花水珂。このたびそこに新しい佳人様がお入りになることが決まった。おまえはその佳人様の下働きとなるのだ」

「えっ、やだ」

二

もちろん口に出していやだと言ったわけではない。だが甜花は心の底でいやだと叫んでいた。甜花の目的は後宮の書仕になること、そのために図書宮の下働きになりたいからだ。

「佳人の館の下働きなんて……。万が一夫人に気に入られたらずっとそこにいなくちゃいけないじゃない」

しかしわざと失敗をして追い出されるにせよ、そのせいで心証が悪くなっても困る。

「一番いいのは飽きられることね」

どうすれば夫人に飽きられるのか？　考えてもわからない。わからないうちに九番目の佳人の入宮の日となった。

新しい佳人は第九座の宮に入る。ずいぶん遠方の、地名も知らない辺境から来るという。

新佳人はお付きの侍女、召使を四名連れてくる。その地位にしては少ない数だ。佳人は正室である皇后、次の位の四后に次ぐ地位で、どの佳人も、通常一〇名以上の召使を確保している。下働きだけは後宮からとのことだったが、そこで奇妙な注文が出た。

紅花《こうか》三十五年、菜月《なつき》生まれの処女《おとめ》で、からだの右側に花の形の痣のある娘を所望したのだ。

理由は佳人が行った占卜の結果だというので断るわけにもいかない。那ノ国では吉凶はもっとも重要視される。

紅花三十五年、菜月生まれの処女はともかく、花の形の痣など存在するのかと後宮では疑っていたが、実際甜花の右肩に梅の花の形の痣を見つけては仕方がない。甜花の思惑とは無関係に第九座の下働きになることが決まってしまった。

入宮の当日はあいにくの曇り空だった。重く湿っぽい雲が空一面を覆い、いつ雨が降り出すかわからない。

そんな中、東の門から佳人の一行がしずしずと入ってきた。

後宮には四つの門がある。西の門は商人や後宮の運営に関わる業者たちの出入りのため、北の門は後宮から出るゴミや不用品、汚物などを搬出する門、南の門は皇帝が皇宮から渡ってくる門、そして東の門は後宮に入る妃や佳人たちの門である。彼女たちは一度この門をくぐると、皇帝の許可なくして決して後宮を出ることはできない。

東の門から入ってくる第九座の新しい夫人を迎えるため、八人の佳人、四人の后が門近くの外庭にいた。彼女たちはそれぞれが趣向を凝らした美しい椅子に座り、日除けの大扇を頭上に掲げていた。

ずらりと揃った夫人たちはいずれ劣らぬ美女ばかり。後宮内に咲く花も霞むほどのあでやかな装い、華やかな拵えで美を競っている。

皇帝の渡りがなく、暇を持て余した后や佳人たちは、今回の新しい佳人のお披露目をちょうどよい催事だと考えているのだ。

出迎えには後宮中の、厨房などの手の離せないもの以外の召使、下働きも参加している。

甜花は高貴な人々の後ろの召使、さらにその後ろに控える下働きの背後に膝をついていた。

「甜々」

小さく呼ばれて振り向くと明鈴がそばに来ていた。

「小鈴！　会えて嬉しいわ」

本心からの言葉に、明鈴は笑って甜花にからだを擦りつけてきた。

「甜々、新しいお館付きになるんですって！　すごいわね」

「占いの結果らしいのよ……」

言葉を濁す甜花に明鈴は不思議そうな顔をした。

「あまり嬉しくなさそうね」

「うん……」

「どうして？　館付きになれば他の召使たちに使われなくてすむわ。館の仕事だけしていればいいんだもの」

「仕事は確かに楽になるけど……わたしの目的のためには」

「あ、新しい夫人が馬車から降りられるわ！」

明鈴は甜花の腕を取って言った。

二頭の馬に引かれて入内してきた馬車が止まり、御簾《みす》が引き上げられる。召使に手を取られ降りてきた新しい佳人は、刺繡を施された長い頭被布《ブエル》を頭からかぶっていた。

「すごいブエル！　見て、あの刺繡！　ずいぶん田舎からいらしたということだけど、持ち物はいいのね」

新佳人はブエルをかぶったまま、四后、八佳人の前へ進み出た。作法通りなら四后の前で跪《ひざまず》き、入宮の挨拶をする。そのあと侍女たちがそれぞれの夫人に贈り物を捧げる。この贈り物のよしあしで、新人への態度が決まると言われている。

もっとも后たちも佳人たちも、この春集められたばかりなので、そこまでのこだわりはないかもしれない。だが、この日からひと月ばかりは贈り物をネタにされることは確かだ。

新佳人の両手がブエルにかかった。夫人たちはもちろん、集められた召使、下働きもごくりと息を呑む。遠方の田舎者の佳人、さてどれほどのものなのか。

そのとき、突然強い風が吹いた。風は佳人の頭から薄い布をはぎとると、それを空高く飛ばした。みんなの目が思わずその薄布を追う。

「……おお、ひどい風だこと」

佳人はブエルと一緒に巻き上がった髪を手で押さえている。

青みを帯びた銀色のさらりとした髪、長い前髪の下の額は万年雪のごとく白く、瞳は泉のような翡翠色をしていた。唇は薔薇の花びらのごとく開いて、背はいささか高すぎるもののの、すらりとして渓谷を流れる滝のように魅力的な線を描いている。一歩歩くごとに花びらが舞う天女のようなたおやかさ、優美さ。

身にまとう衣装は田舎じみているどころか、那ノ国の首都、斉安《サイアン》のもっとも流行りの拵えで、腰高に帯を締め、幾重にも折られた細かいひだのある長下衣だった。しかもそれは美しい色合いに重ねられている。洗練された着こなしだ。

「すてき……！」

明鈴がため息をつくように言った。下働きや召使たちからもざわざわと賞賛の声が漏れる。

日除けの下の夫人たちはなにも言わなかった。だがその目は新佳人と自分、そして他の夫人たちとを鋭く見比べている。

新佳人は夫人たちの前で軽く膝を屈め、背後に合図をした。四人の召使たちが贈り物の箱を持ってそれぞれ后の前に置く。そのあとはやや小さめな箱をふたつずつ持ち、八人の佳人たちの前に運んだ。

「天涯山《テンガイザン》の麓、湖沼《コショウ》の郷から参りました陽湖《ヨウコ》と申します、皆様方には以後よろしくお見知り置きのほどを」

朗々と、低いが張りのある声が響いた。訛りも淀みもない、まったく気後れもしていない澄んだ声だ。

これにて目通りは終了し、新佳人、陽湖妃が第九座の宮に入ればおしまいになる。

陽湖妃は贅沢なひだの下長衣のすそを回し、後宮の館吏官の案内で宮に進んだ。そのとき白い顔が立ち並ぶ召使や下働きたちに向き、眺め回した。

「――――」

ドキリとした。陽湖妃の緑の目が自分を捉えたような気がして。

「今、陽湖さまと目が合っちゃったわ！」

隣で明鈴が興奮した様子ではしゃいだ。ほかにも、いや、夫人はわたしを見たのだ、わたしよ、と少女たちが頬を紅潮させて囁き合っている。

(そうよね、こんなにたくさんの娘の中から一人だけ見るなんて。誰が自分の館の下働きかなんてわかるわけない)

それでも甜花は陽湖妃の緑の視線が、自分を捉えたような気がしていた。

おまえね。

陽湖妃はその目で言っていた。

おまえだわ、と。

甜花は陽湖妃が住むことになる第九座の宮へ向かった。館は新佳人が入る前に掃除され、絨毯や窓を飾る布が持ち込まれ、調度品も置かれているはずだ。すべて、陽湖妃が後宮のある首都、斉安で新しく揃えたものだと聞いている。

甜花が第九座の宮の門を叩こうと手を伸ばすと、拳が触れる前に扉が内側に開いた。

「紅花三十五年、菜月生まれの甜花水珂ですわね？」

陽湖妃の侍女の一人が扉の内側から顔を出して言った。つんとした小さい鼻を上に向け、気取った声を出す。黒髪を頭の上でふたつのおだんごに結び、左右に四つずつ小さな珠の髪飾りをつけている。

甜花と同じくらいの年か、しかしずいぶんと小柄で、甜花の肩くらいまでしかなかった。

「はい。今日から第九座の下働きとして佳人さまにお仕えいたします」

甜花は両手を組んで頭の上にあげた。この館では自分が一番下の身分だ。

「陽湖さまがお待ちかねですわよ。おいでなさい」

門から中に入ると狭い控えの間があって、すぐにくつろぎの間に続いている。くつろぎの間の扉は格子状に曇りガラスがはめ込まれていた。これはあまり他の館では見ない。陽湖妃の注文だろうか。

その扉を開けると、大きな長椅子に陽湖妃が横たわっていた。椅子には白く柔らかそうな獣の尾のような敷物が敷いてあり、陽湖妃はその毛皮にからだを埋めていた。きれいに結い上げていた髪は今は無造作に流され、あの美しいひだのある服も脱いで薄い寝衣だけになっている。

「甜々、だね」

陽湖妃はすぐに起き上がると、甜花が膝をつくよりも早く、そのからだを抱きしめた。

「ひゃあっ！」

いきなりのことに甜花はおかしな声をあげてしまった。それにもかかわらず陽湖妃は甜花をぎゅうぎゅうと抱きしめる。

「よくきた甜々！　会いたかったぞ」

「え？　あの……」

陽湖妃は手で甜花の頬を押さえ、自分のほうに向けさせた。深い山の中の静かな湖のような瞳が甜花を見つめる。

（この色……。いつかどこかで。それにどうしてわたしのことを甜々って）

陽湖妃はにこりと笑うと甜花の手を取って自分が腰かけていた長椅子に誘った。そこに座らせ、自分も隣に座る。

（あれ？）

甜花はとっさに辺りを見回した。さっき陽湖妃は白い毛皮に埋もれていなかったか？今その毛皮はどこにもない。

「さあ、楽にしろ、甜々。なにか食べるか？　それとも酒でも飲むか？」

「い、いえ、あの」

後宮に慣れていない甜花でも下働きが主人と同じ椅子に腰かけるのは許されない行為だと知っている。しかし陽湖妃は甜花の手を強く握っていて逃がしてはくれなさそうだった。

「なんだ？　話せ。遠慮はいらんぞ」

「あの、わたしは以前夫人《おくさま》にお会いしたことがあるのですか？」

「オクサマなんて！」

陽湖妃は大げさに身をのけぞらせた。

「陽湖でいい。私のことは陽湖と呼べ」

「そんな、ご主人さまのことを呼び捨てになんてできません」

「いや、かまわぬ。私がそう呼べと言っているのだ」

甜花は困って辺りを見回した。椅子の後ろにいたほっそりした女性が、ぬるりと腰を曲げて陽湖の耳に口を近づける。

「陽湖さま、人間には人間の、後宮には後宮のしきたりがあるのです。無理強いをしてはなりません」

「むう、そうか」

陽湖妃を黙らせた女性はするすると前に出てくると、甜花に向かって深々とおじぎをした。甜花もあわてて頭を下げる。

「わたくしは銀流《インリウ》。陽湖さまの侍女じゃ。おまえも夫人ではなく陽湖さまとお呼びすればよかろう」

陽湖妃も背の高い女性だったが銀流も同じくらい高い。かなり細身なのでその身長はよけいに強調された。名前の通り美しい銀色の髪をして、それを首筋で結わえている。切れ長の目は琥珀色をしていた。まるで雪人形のように白く、整った貌をしている。陽湖妃より少し年上だろうか？　ずいぶんと古風な話し方をする。

「この館のものたちを紹介しよう」

陽湖妃は陽気に言って手を叩いた。最初に扉を開けてくれた小柄な少女がぴょんと銀流の前に飛び出し、優雅に膝を屈めた。

「あたくしは白糸《パイルー》。召使ですわ、よろしくね」

白糸は両手を胸の前で擦り合わせる。

「陽湖さまの身の回りのお世話はあたくしがするのですわ。後宮のこと、いろいろと教えてちょうだいね」

やはり気取ったものいいだ。教えてと言うわりには、甜花と目を合わせてくれようともしない。

その横に少年のように短い赤毛の少女が並んで立つ。背はやや高かったがそれでも甜花よりは小さい。

「紅天《ホンチャン》だよ。白糸と同じ召使。歌が得意。陽湖さまは紅天の歌がお好きなんだ」

言い終わると紅天は短い歌を歌った。なるほど、聞いているだけで微笑みたくなるほど美しい声だ。赤茶色い髪に丸い大きな目、日に灼けた健康そうな肌をしている。甜花を見る目にも好意があり、甜花もすぐに彼女を好きになった。

「最後に你亜《ニア》だ。侍女をしている」

彼女だけは陽湖妃のそばに来ず、暖炉の前の敷物の上に横になっていた。

「あの、具合がお悪いのですか?」

主人が呼んだのに寝たままとは、旅の疲れでも出たのだろうか? 心配そうな甜花の言葉に紅天がころころ笑った。

「你亜はいつもそうだよ、気にしないで」

もう一度そちらに目をやると、你亜はころりとこちらを向き、ひらひらと手を振った。くせのある、柔らかそうな髪を長く伸ばしている。全体的に黄色いが、ところどころ、茶の縞が入っているようにも見える。目の色が左右で青と灰色と違っているのにも驚いた。眠そうだが愛らしい顔立ちの少女だ。

「甜々、本当ならおまえも下働きではなく召使……いや、侍女になってほしいのだが」

陽湖妃に言われ、甜花はぶるぶると首を振った。下働きが一足飛びに侍女などになったら他の女たちにどう思われるか。それに佳人付きの侍女になってしまうと、図書宮に働きにいくこともできなくなる。

「も、申し訳ありませんがそれはできかねます」

「そうなのか？　それも人間……、後宮のしきたりなのか？」

陽湖妃は大きな目をさらに大きく見開いた。

「はい」

「そうか、残念だ。だがこの館にいる間は上下関係など気にしなくていいぞ。みんな好き勝手にやっているからな。私たちは後宮に慣れておらんので、外との連絡をおまえに頼みたい。よいか？」

「はい、わかりました」

好き勝手と言われてもまさか你亜のように寝転がるわけにもいかないだろう。甜花は両手を組んで頭の上に上げ、膝を屈めた。

「それではおく……陽湖さま、お食事はどうなさいますか？　厨房からこちらに運んでまいりますが、お召しあがりになれないものはございますか？」

「食べられないもの？」

陽湖妃はきょとんとした顔で銀流を見た。

「私に食べられないものなどあったか？」

「さて、ないと思いましたが」

「そういえば契約では人間だけは食べないことになっていたか」

今、なにか物騒なことを聞いたぞ？

「陽湖さま。今、ニンジンとおっしゃいましたか？」

銀流が鋭い目で陽湖を睨む。

「あ?」

「ニンゲン、ではなくニンジン、です。ニンジン」

甜花のほうを向いた銀流は、まったくの無表情だった。

「陽湖さまはまだこちらの言葉に慣れておらぬのじゃ。ときどき間違えることもあるが、気にせぬようにな。人参を使った料理は避けるようにな」

「に、人参ですね」

確かに間違えやすいかもしれない。人間と人参。うん、きっと間違い。

「みなさまのお食事は陽湖さまと同じものになりますが、よろしいですか?」

「結構じゃ、そのように」

失礼します、と言って甜花は第九座を出た。扉を閉める前に長椅子の上の陽湖妃を見ると、彼女は再び白い毛皮に埋もれている。毛皮はやはり獣の尾のような形をして、陽湖妃の背後からひとつふたつみっつ、飛び出していた。まるで……。

甜花は扉を閉めた。

陽湖妃の尻尾みたいに見えたなんて……失礼なことを。

「ふう」

どっと肩が重くなり、自分が緊張していたことを知る。

「高貴な人というのはあんなふうに変わっているものなのかな」

後宮に来てまだ日が浅い甜花は、后や佳人との関わりはあまりなく、じかに言葉を交わしたこともない。なので位のある人につくというのは陽湖が初めてなのだが。

なんだか浮世離れしているような……というより人間離れしているような。

「あ、」

甜花は館を振り向いた。そういえばどさくさにまぎれて答えを聞いていない。以前会ったことがあるのかという問いの。

「……あるわけないか」

甜花は軽く息をつくと、食事の注文をするために厨房に向かって駆け出した。

三

甜花が第九座の下働きとして働き始めて三日経った。

この間、甜花がしていたことといえば、厨房に料理を取りに行くことくらいだった。

あとは陽湖のそばで今まで祖父と暮らしてきたことを話して聞かせている。

陽湖は微に入り細に入り、甜花の暮らしぶりを聞きたがった。しかし三日もすればさすがに話も尽きる。

座の掃除は白糸と紅天がしているようで、いつ行ってもゴミひとつ落ちていない。扉の格子にもほこりはまったくたまらなかった。不思議なことに洗濯物も出ない。

二日目に甜花が洗濯物のことを聞くと、「では明日用意しておく」と銀流に言われ、その通り、五人分の下着を渡されたが汚れているようにも見えない。それでも甜花はそれを洗濯房に持っていった。

入り口では相変わらず女の鬼霊がゴボゴボと血を吐いているのを甜花は視ないようにして駆け抜けた。

洗濯房や厨房に行くと、そこで働く女たちから新佳人の様子を聞かれる。陽湖は入宮してからまったく表へ出ないので、みんなの興味の的なのだ。

「いい方ですよ」「お優しくて」「おきれいで」「まだこちらの言葉に慣れていらっしゃらないようなので、外にお出にならないんですよ」

甜花は同じセリフを何度も繰り返した。女たちを喜ばせるような悪口は言うまいと思っていたし、そもそも陽湖は一日中長椅子に横たわっているだけなので、なんの話もできない。

（いや、一日中長椅子の上にいる、ということ自体おかしいのかしら？）

大昔は身分の高い人は立って歩く必要がないため、足首から先を切り落としたという話もあるが、陽湖はすらりとした美しい足をしているし、時には紅天の歌に合わせて踊ることもある。

昨日の夜はかなり長い間踊りを教えられて、下働きたちの休む部屋に戻った頃はくたくただった。

甜花たち下働きは十二名で一室与えられている。窓の小さな狭い部屋の床に布団を敷いて、寝るためだけの部屋だ。手で抱えられる大きさまでの私物の持ち込みは許されていた。たいていは着替えや両親の絵姿だったりするが、甜花は大きな辞書と歴史書を持ち込んでいた。もちろん、図書宮の書仕を目指すための勉強用だ。

毎晩その本の頁をめくるのが楽しみだったが、さすがに昨日はその気力もなく眠ってしまった。


四日目のことだ。この日は朝から後宮全体がざわざわとしていた。朝食前に館吏官が下働きや召使を集めて告知を行った。

「五日後に皇帝陛下のお渡りがある」

その言葉に女たちは色めき立った。なんといっても後宮は皇帝のための場所だ。なのに新しくなってから今までその主が来なかったのだ。女たちの中には初めて皇帝を見るというものも大勢いた。

甜花もその一人だ。即位式の頃には祖父と旅に出ていて首都にいなかった。

「褒賞宴《ほうしようえん》が後宮で行われる。陛下の他、昨年、那ノ国のために尽力し功績をあげたものが招かれ、お言葉を賜るのだ。そのさい、四后、九佳座、すべての夫人が出席される。おまえたちは褒賞宴を恙なく執り行い、成功させなければならない」

館吏官は五百人を超える女たちに向かって声を張りあげた。

「新しい後宮の初めての大催事だ。こころして取り組むように！」

はい、と女たちはいっせいに膝をつき、両手を組んで上にあげた。甜花も胸が熱くなった。自分たちがここにいる意味を与えられ、使命感に燃えたのだ。

「甜々！　甜々！」

解散するとき、明鈴が駆けてきた。そういえば第九座の下働きになってから明鈴とは会えていなかった。

「小鈴！」

二人は手を取り合って「きゃあ」と飛び跳ねた。

「甜々、久しぶり！　新しい夫人はどう？　いじめられていない？」

「大丈夫よ、夫人はとても優しい人なの」

「そうなの？　よかったわ」

明鈴は笑ってぎゅっと甜花を抱きしめた。

「ねえ、甜々、すごいわね！　陛下がいらっしゃるのよ」

「そうね。小鈴は陛下を見たことがある？」

「あるわ、即位式のあとの御披露目行列で、家の前から手を振ったわ。陛下は大きな白象の上の輿に乗ってらして、あたしたちに手を振ってくださったの」

明鈴は手を胸の前で組んでうっとりとした目を空に向けた。

「とてもおきれいな方だったわ。笑顔は見せてくださらなかったけれど、ああ、あの方に微笑んでいただけたら、あたし、空に舞い上がりそうって思ったわ」

「まだとてもお若いのよね」

「そう！　一八歳におなりよ。だから今度のお渡りはあたしたちにもいい機会よ」

「いい機会？」

「だって、後宮の四后はみんな陛下より年上よ。九佳座の夫人たちだって、半分くらいはやっぱり年上。陛下だって自分に歳の近いものや、年下のもののほうがいいに決まってるじゃない！」

明鈴は甜花の耳に唇を寄せた。

「だから今度の褒賞宴って、もしかしてもしかしたら、陛下のお目に留まるかもしれない好機なのよ！」

甜花は明鈴の楽天的な思考に思わず笑った。これだけ多くの女たちがいる中、下働きの少女が陛下の視界に入るなんてことがあるだろうか。

「あら、笑ってるわね、甜々！　あたしは本気よ。甜々だってそんな運命があるかもしれないじゃない」

「わたしはいいわ。陛下に見初められるよりもっとやりたいことがあるの」

それにわたしには許嫁がいるし、とは言わなかった。子供の口約束を他人に言って笑われたくはない。

明鈴は目をぱちぱちさせた。彼女のような少女にとって、皇帝の寵愛を受けること以外になにかあるなど考えられないのだろう。

「やりたいことって？」

「う、ん……」

言ってもいいだろうか？　ある意味、陛下の目に留まるよりむずかしい、遙かな夢のような目的だが。

「わたし、後宮の図書宮に入りたいの」

「図書宮？　あの、後宮と皇宮の間の、本ばっかりある、あの？」

「うん、図書宮の書仕になるのが夢なの」

明鈴は口を丸く開け、甜花の両肩を押してからだを離した。

やはり、言うべきではなかったろうか？　変な子だと思われただろうか。

「甜々は、――本が好きなの？」

「うん……」

「すごい！」

明鈴はまた甜花のからだに抱きついた。

「そんなきちんとした目的を持ってるなんて！　あたし、本なんか大嫌いで文字を見ただけでもめまいがするのに！　本を読める人を尊敬するわ。そのうえ、書仕ですって!?　すごいわ、甜々！」

明鈴は自分のことのように喜んでいる。その熱を感じて甜花も嬉しくて明鈴を抱き返した。

「叶うかどうかわからないけど、後宮にいる間にがんばってみるつもりなの」

「きっと大丈夫よ、甜々なら！　あたしも応援するわ」

「ありがとう、小鈴。わたしもあなたが陛下の目に留まるようにって祈るわ」

「わあ、嬉しい！　ありがとう」

二人はきゃあきゃあと抱き合って跳ね回った。そんな二人に厨房の召使が鋭い声をかける。

「こら、そこの黄仕！　遊んでいるんじゃないよ、こっちを手伝いな！」

「はあい」

明鈴は甜花からからだを離した。

「この子は第九座の下働きだからあたしが行きます!」

召使はそれを聞いて小さく舌打ちした。

明鈴は厨房に駆け出しながら、振り返って甜花に手を振る。甜花も大きく手を振り返した。

(優しい小鈴！　彼女こそ陽湖さまの下働きになればよかったのに！)

陽湖さまにお願いしてみようか。そもそも第九座は使用人の数が少なすぎる。佳人なんだからもう少し多いほうが見栄えがいいのに……。

「必要ない」

甜花が下働きをもう一人いれませんか、と聞くと、侍女の銀流は一言で返した。

「でも召使が五人とは少なすぎませんか？」

「この館は五人で十分回っておる。そのことはおまえもよく知っておるだろう」

確かにそうだ。時には甜花の仕事がないときもある。

「余計な人間をいれる余裕はないのじゃ」

銀流の言葉に甜花は首をかしげた。佳人が実家から連れてくる侍女や召使の給金は、その家が払っているが、下働きの給金は後宮、つまり皇宮から出る。銀流がもう一人分の費用を気にすることはないはずだが。

「陽湖さまはぁ、騒がしいのがお嫌いなのよう」

背中にひたりとからだをくっつけられ、甜花は「ひゃあっ」と飛び上がった。いつの間にか你亜が背後に立っている。

「それにぃ、人間が増えたらぁ、面倒も増えるじゃにゃぁい？」

你亜の声はいつも眠たげで、ゆっくりとしている。だが柔らかく温かみがあって、甜花はその声を聞くと、いつも上質な毛布の手触りを思い出す。

「それはそうと、近々大規模な行事が行われるようじゃな」

銀流が紙をペラリと見せた。

「あ、はい。褒賞宴ですね」

「館吏官殿から手引きをいただいた。その宴には四后九佳座全員が出席すること、侍女は二名までとのことじゃ」

「それで甜々。その二名におまえを入れたいのだよ」

それまで長椅子に横になって白糸に爪の手入れをさせていた陽湖が、口を開いた。

「えっ!?」

「一人は銀流だが、やはり後宮に慣れているものがいいと思ってな」

「な、慣れているなんて！　わたしだって日は浅いんですよ」

「まあ後宮というか……ここに住む人間に慣れているだろう？　この日、おまえは私の侍女だ」

「そ、そんな！　前にも申しあげましたが下働きがいきなり侍女になるわけには」

第一自分が侍女として陽湖のそばにいたことがわかったら、陛下の目に一瞬でも留まりたいと願っている明鈴がどう思うか。怒るかもしれない、悲しむかもしれない、自分のことを嫌いになってしまうかもしれない。

それはいやだ。

「ばれなければいい」

甜花の必死な顔を見て、陽湖はニヤリと笑った。

「白糸がおまえを飾り付けるよ。遠目からでは誰にもわかるまい」

「仕方がないですわね。陽湖さまのお言いつけであれば。お任せあれ、まったくの別人に仕立てあげますわ」

白糸はしぶしぶといった様子で答えた。まったくこの館の人たちはなにを言い出すか、わからない。

四

褒賞宴当日となった。今日は朝から煙玉がぽんぽんと上がり、空を五色に彩っている。後宮の奏者たちは途切れることなく箏《そう》や箜篌《くご》と呼ばれる弦楽器をかきならし、笛の音も手鼓《てつづみ》の音も楽しげだ。

後宮の南側に作られた石造りの大きな広場には、皇帝や夫人たちの桟敷《さじき》が建てられた。高さは後宮の二階部分ほどもあるだろうか。階段を上がる面倒を考えると少し高すぎるくらいだ。

この桟敷も外の職人が作ったのではなく、後宮の建《たて》工房の女たちが石を組み、木を組んで作った。特別な行事以外には男性の入宮は禁じられているため、一般的に男性の仕事とされている大工も医司《いし》も陶工も、ここでは女性が行っている。

後宮のあちこちの館から、四后と九佳座が集まってきた。それぞれが自慢の衣装を身にまとい、自分の後ろ盾である実家の権勢を見せつける豪華な装飾品で飾り立てている。お供の侍女たちもより抜きの美しさだった。彼女たちは夫人たちの長いすそを持ち、桟敷の階段をしずしずと上がった。

甜花は美しく飾り付けられた桟敷を見上げ感嘆のため息をついた。数日でこんな高さの桟敷を完成させるなんて！

石の床は赤い絨毯が敷き詰められ、温室で育てられた花々がそこここで甘い香りを漂わせている。久々の大きな行事に後宮全体が喜びに沸いているようだ。

しかし、その華やかな広場にそぐわない、黒く冷たい気配を甜花は見つけてしまった。

(鬼霊！　なぜここに)

それはいつも厨房近くの廊下で血を噴き出しながら立っている女だった。いつの間にここへやってきたのか。ゴボリゴボリと血を吐き、白く濁った眼で広場を見ている。

まさか、今日の行事に祟りをなそうというのか？

甜花は鬼霊に気づかれてはいけないことも忘れてじっとその姿を見つめた。しかし鬼霊はやはりただ立っているだけで誰もその姿に気づくことなく、彼女を素通りして行く。敏感な人は肌寒さでも覚えるのか、腕を擦ったりしているが。

(人が大勢集まっているから誘われたのかしら)

なにか悪さをするわけでもなさそうなので、甜花は視線を外した。

「どうした？　甜々」

ぽん、と肩を叩かれ思わず身をすくめる。振り向くと陽湖が銀流と共に立っていた。

陽湖は特別目立つような装飾品を身につけてはいなかった。そのかわり、すそを引きずるほどの長さの真っ白な長衣《ローブ》を身にまとっていた。まるで雪をそのまま仕立てたかのように純白だ。しかし驚くほど軽い。甜花はその表面に触れ、驚いた。

「これは……白鳥の胸の羽根ですか」

「よくわかったな。確かにそうだ。軽くて暖かく水も弾く」

陽湖はふわりとその長衣をなびかせた。どんな宝石より、その羽毛は日差しに輝き、周囲の目を引いた。

「素晴らしいですね」

「おまえも素晴らしい化けっぷりだ」

陽湖に言われ、甜花は赤くなった。白糸は確かに腕のいい化粧師だった。

日焼けした甜花の肌を透けるような白さに変え、眉や目や鼻、頬、唇、すべてに色をつけ、まるで絵を描くように甜花の顔を描き変えていった。

「それなら誰もおまえだとはわからん。安心したか？」

「……顔にお面が張り付いているみたいです」

逆に陽湖の顔はそれほど化粧は施されてはいなかった。眉を描き、目の縁にほんのりと色がつき、唇に紅を差しているだけだ。それでも凜と咲く白百合の花のように気高く美しかった。

甜花は銀流と一緒に陽湖の長衣のすそを持って桟敷の階段を上がった。段を踏むと、きしきしと音がしてかすかに揺れる。桟敷に上がったときはその高さに足がすくんだ。

（なにもこんなに高くしなくても）

陽湖の桟敷は皇帝の桟敷から一番離れていた。皇帝の桟敷を中心に后の桟敷がふたつずつ左右に建てられ、さらに佳人の桟敷が広がっているのだが、九番目の陽湖の桟敷は末席というわけだ。

皇帝の顔もようやく判別できるかどうかという距離だ。こんなに離れていては皇帝に自分の主人の美貌を見てもらえない、と甜花はがっかりした。

やがて一段と音楽が大きく鳴り響き、南の門が開けられた。皇帝陛下のご出座だ。

王は金欄に飾り付けられた輿に乗っていた。担ぐのは南方出身の大きな体軀の召使たちだ。その後ろに槍を揃えた兵士が数名、それから皇宮の内務を取り仕切っている内部卿《ないぶきょう》たちと、今回褒賞を与えられる一三名の臣下たちが従っていた。

宴を見守る後宮の女たちから歓声があがる。しばらくぶりに男性を見たのだ、抑えきれない興奮が秋空の寒気も吹き飛ばしてしまう。

甜花は初めて皇帝を見た。

若い、というのが最初の感想だった。天冠《てんかん》から下がった五色の垂珠の下からでも、美しい顔がわかる。しかし少し冷たい印象を受ける。これだけの女たちの歓声にも表情は動かず、整った顔には笑みのひとつも浮いてはいなかった。

からだはしっかりとした線で、輿で揺られていても背はまっすぐに伸びている。

栈敷の下で輿が降ろされ、皇帝は後宮の敷地に立った。さらに歓声が大きくなる。皇帝は周りには目もくれず、優雅な足取りで階段を上った。頭がほとんど揺れないのでからだの中心を支える力が強いのだろう、と甜花は思った。

皇帝が桟敷に入り座ると、背後に護衛の兵が二名立つ。皇帝は前を向いたまま、どの夫人のほうも見なかった。甜花は主人が皇帝にどう反応しているのか窺ったが、陽湖は退屈そうにあくびをしているだけだった。

皇帝を称える演奏や舞が舞われたあと、褒賞の儀が始まった。

皇宮の内部卿が昨年の功労者の名を呼ぶ。すると控えていた男たちの中から一人、皇帝の桟敷の前に出る。

甜花は皇帝が直接その男に声をかけるのかと思っていたが、そんなことはなく、やはり内部卿が男の功績を読みあげ、称えるだけだった。

これでは陽湖のようにあくびをするしかない。

称えられた臣下がお礼の辞を述べた後、内部卿が発した言葉に甜花は首をかしげた。

「それでは四后、美淑《ビシュク》后さまからの褒賞でございます」

皇帝のすぐ右の桟敷から侍女が降りてきた。彼女は地上まで降りると、控えていた召使から布のかかった大きなものを受け取る。それをよろよろと男の前まで運んだ。

地面に下ろして布を取ると、見事な壺だ。滑らかな肌に朝焼けの光のような淡い染付、そこには龍の姿が立体的に彫り込まれている。

男は膝をつき、両手を組んで美淑后にお礼の言葉を述べた。

銀流が薄い眉を寄せ、甜花を振り向いた。

「甜々、夫人が褒賞を与えるということを聞いておったか？」

「い、いいえ。館吏官からの指示書にもありませんでした」

「どういうことじゃ……いや、もしかしたら四后だけかもしれぬな」

しかしその後行事が進んでいくと、佳人も褒賞を与え始めた。

「これは……」

いやがらせだ、と甜花は唇を噛んだ。功績を挙げた臣下に夫人が褒賞を与える。その事項を第九座にわざと伝えなかったのだ。新参の佳人をこれで笑いものにするつもりなのだろう。

「館吏官が伝え忘れたのだろう」

陽湖はあっさりと言ったが甜花は首を振った。

「いえ、館吏官はきっとこのことも指示書に書いていたと思います。第九座に届く前にすり替えられたんです」

「なんのためにそんなことをするのだ？」

陽湖はきょとんと目を見張る。

「陽湖さまに恥をかかせるためです」

「恥？」

陽湖は首をかしげて銀流を見上げた。

「褒賞を与えないということが私の恥になるのか？」

銀流もちょっと頭を揺らして無表情に返す。

「わたくしにはわかりかねますが、おそらく後宮ではそうなのでしょう」

「ふむ。しかし私は別に恥ずかしくはないからかまわないだろう」

「だ、だめですよ！」

のんきとも思える二人のやりとりに、甜花は思わず叫んでいた。

「陽湖さまが気にされなくても、陽湖さまが嗤われたら悔しいです！」

陽湖は銀流と顔を見合わせる。そのあと甜花を面白いものでも見るような目で見た。

「そうなのか？　おまえが悔しいのか？」

「……はい」

「甜々に悔しい思いをさせるわけにはいかんな」

なんだか陽湖が嬉しそうに見えるのはなぜだろう。

「しかし褒賞を今から用意はできませんが」

銀流は冷静だ。第九座に回ってくるまであと五人しかいない。

「ふむ……」

陽湖は膝を立て、そこに身をかぶせるようにして並んでいる臣下を見下ろした。

「どうやら私が褒賞を与えるのはあの最後の男のようだな」

臣下たちは皇帝からの栄誉の言葉を受けるために正装している。那ノ国は広く、さまざまな地方から人を集めているため、その正装もさまざまだ。

陽湖が褒賞を与える予定の臣下は白く厚ぼったい服を着ていた。同色の糸が雪の結晶のような模様に縫い込まれている。襟部分が重ね合わせるようになっており、低い位置で帯を締めていた。

「甜々、おまえならあの男がどこの生まれかわかるのではないか？」

陽湖に言われて甜花はじっと男の服装を観察した。

「見たことがあります。祖父の記した百科事典で……確かフタン地方の人たちがあんな重ね襟の服を着ていました。その中でもシンシュ県では伝統模様を服に縫い込みます。あの結晶模様は祖父が詳細に描きました。間違いありません」

「フタン、シンシュ県か」

陽湖がニヤリとする。

「あの辺りならずいぶん前だが私も行ったことがある」

「どうなさるのですか？」

「私は与える褒賞を持っていない」

陽湖は両手を大きく広げた。

「だが、人間というものは、形のあるものを求めるだけでもない……」

謎めいたことを言う。そうこうしている間に最後の臣下の番になった。

内部卿が男の功績を称える。氾濫した川の治水工事に尽力したということだ。皇帝からの（実際は内部卿からの）言葉に男が謝辞を述べた。かなり訛りがある。

それを聞いていた甜花は、陽湖にうなずいてみせた。訛りのことも書物にあったのだ。

陽湖は長衣を肩から滑り落とすと、桟敷の階段をするすると降り始めた。

「それでは第九座、陽湖妃さまからの褒賞でございます」

内部卿が高らかに宣言する。ざわりと場の空気が揺れた。そこに佳人本人が現れたからだ。今までは侍女が褒賞品を運んでいたのに。

滑るような足取りで陽湖は褒賞を授ける男の前に進んだ。

目の前に立つ陽湖の美貌に、フタン地方出身の男は口をぽかんと開けた。魂が抜けたような顔だ。見惚れている。

「おまえ、フタンのシンシュ県出身だね」

陽湖はよく通る声で男に向かって言った。

「な、なぜそれを」

「私の優秀な侍女がおまえの言葉でわかったのだ。それにその衣装はフタンのものの正装だそうだな。治水で川の周辺の民や動物たちを救ってくれたとな。感謝する」

男は陽湖の言葉に身震いした。

「私がおまえに与える褒賞は、シンシュの祝い唄だ」

陽湖は手を胸の前で組むと、軽くあごを上げ、その美しい唇を開いた。

「天に光あり　地に恵みあり
人に幸いあれ　家に栄えあれ
シュカン山の赤き森　セナ川の黒き流れ
とこしえに見守り給え　わが幸い」

朗々と歌声が石造りの広場に響き渡った。まるで清らかな光が差し込んだように、その歌声は場にいた人々の心を揺さぶり、一瞬で感動に包み込んだ。フタン地方の男の両目から涙が溢れ出る。

「なんとありがたい、なんという光栄……。こんな見事な歌は聞いたことがございません。わたくしにはなによりの褒美でございます！」

男はつっぷして号泣した。脳裏にまざまざと故郷の山や川の姿が浮かんだのだろう。

陽湖の言った形のあるものだけではないということがどういうことか、甜花にもわかった。心のこもらない高価なだけの物品より、この美しい歌が男の心を満たしたのだ。

「陽湖さま……っ」

甜花は思わず拳を握って胸に押し当てた。自分はなんと素晴らしい主人を持ったのだろうという誇りが胸に満ち溢れる。

あの臣下はきっと生涯この栄誉を忘れないだろう。

そして皇帝陛下にも強く印象づけられたはずだ。

他の夫人たちのいやがらせがかえってこんな効果を生むなんて。禍《わざわい》転がり幸となり、とはこのことだと、甜花は十二人の夫人たちの桟敷に得意げな視線を向けた。

自分のやったことを後悔するといいわ！

それにしても陽湖はどうして自分があの男の出身を判別できると思ったのだろう。たまたま知っていた地方だからよかったが。

地上を見下ろしていた甜花ははっとした。広場の隅に立っていたはずの鬼霊女がいつの間にか人垣を越え、広場の中にまで出てきている。

（なんなの？　まさか陽湖さまになにか……）

ドキリとした。今までただ立っていただけの鬼霊が、ゆらりと、下げていた手を持ち上げたのだ。人差し指を伸ばし、桟敷のひとつを指す。

（あれは……二后の苑恵后さまの桟敷）

誰も気づいていない、そこに鬼霊が立っていることに。

毒を飲んで死んだ――甜花は前に聞いたことを思い出す。

苑恵后の召使同士のいじめ。

それが高じて殺害に。

鬼霊が指を向けているのは苑恵后の桟敷。元主人を指しているのか、それとも他の誰かか。桟敷にいるのは侍女二人。

（なにか――なにを訴えたいの？　どうしたいの？　その桟敷になにか――）

甜花は桟敷を見て、それから他になにか異常がないかと辺りを見回した。別になにもおかしなところはない、カラスが一羽、後宮の屋根に止まっているくらいで。

そのカラスが急に翼を広げ、苑恵后の桟敷に向かって飛んできた。苑恵后はまだ若く、髪を華やかに大きく結い上げ、光る簪をいくつもつけている。動きに揺れ、風に揺れ、簪はきらめいていた。

「あぶない！　カラスは光るものが好きなのよ！」

甜花は思わず身を乗り出して叫んだ。

苑恵后の桟敷から悲鳴があがった。カラスが后の簪を奪おうとする。鋭い爪やくちばしから顔を守ろうと后がうずくまり、侍女二人が立ち上がってカラスを追い払おうとした。

「簪を捨てて！」

甜花は叫んだが届いたかどうか。桟敷の中で女たちが三人、ばたばたと動き回った。その振動で桟敷を支えている柱が少し揺れる。

はっと地上にいた陽湖が顔を上げた。

「銀流！　私の長衣を！」

主人の声に応えて銀流が白鳥の長羽織を桟敷から放る。それはふわりと広がりながら、翼を持つ鳥のように陽湖のもとまで飛んだ。陽湖は受け取ると苑恵后の桟敷に駆け寄った。

同時に軋んだ音を立てて、苑恵后の桟敷は大きく歪み、柱の一本に一瞬でひびが走る。

「陽湖さまっ！」

甜花は桟敷から身を乗り出して叫んだ。

苑恵后の桟敷の柱は一本が折れ、大きく傾いた桟敷部分から、三人の女が放り出されたのだ。陽湖は俊敏にその真下に走ってゆく。

「！」

陽湖が長衣を空中の女たちに向かって投げる。それは広がって二人の女を包み込んだ。もう一人、長衣から逸れてしまった女に陽湖が駆け寄り、抱き留める。

「おお！」

他の桟敷や、地上にいた人々から歓声があがる。陽湖は両腕で女を抱き、そのまま地面に膝をついた。腕の中にいたのは苑恵后だ。すぐに周りから人々が駆け寄る。

白い長衣も地面に落ちていた。盛り上がりがふたつあったが、そのうちのひとつにじょじょに赤い染みが広がっていく。

陽湖は腕の中の女を駆け寄った人々に託すと立ち上がり、長衣に近づいた。端に手をかけ、さっとはぐ。

ごろりと転がった一人は怪我もなく、「うう」と呻いて目を開いた。だがもう一人は――。

「……だめだったか」

もう一人は侍女だった。その首はありえない角度に曲がっていた。頭も打ったらしく、長衣を染めたのは後頭部から流れている血だった。周りから悲鳴があがる。

それを桟敷の上から見下ろしていた甜花は、別な意味で声をあげた。

あの鬼霊が。

鬼霊が死体のすぐそばに立ち、顔を上に向けてゴブゴブと血を噴き上げていたのだ。血は高く高く噴き上がっている。

(笑っている――嗤って……いるのだ)

甜花は両手で口を押さえた。

のどを焼く薬を飲んで死んだ召使。おそらくは飲まされたのだろう。そう、今、死んだ女に。

そして女は召使から侍女に格上げされ、褒賞宴の桟敷に上がるまでとなった。殺され、鬼霊となった召使はずっと待っていたのだ、彼女の死を。

どこまでが鬼霊の祟りなのかはわからない。カラスに襲わせたことか、柱にひびをいれたことか。いや、すべてが偶然だったのかもしれない。

だが、彼女は知っていた。憎い相手が今日、死ぬことを。

鬼霊は死んだ女のからだから、同じ姿をした女を引き出した。誰にも視えていないようだから、おそらくは魂《こん》だ。

ごぼごぼと血を吐きながら鬼霊が浮き上がる。真っ赤な血の軌跡を描き、空に向かう。

連れていかれた侍女の魂がどうなるのか、甜花は知らない。あとは鬼道の領分だ。

赤い血の跡を追っていた甜花は、自分を見ている目に気づいてはっとした。遠く離れた場所から鬼霊を視ていた自分を見ている。その人もまた鬼霊を視たのだ。

（まさか）

その人は一番大きくて豪華な桟敷にいた。天冠の垂珠をはね上げて見ている。

「陛下……」

皇帝は甜花を見て、空を見上げ、小さくうなずいた。甜花もかすかにうなずいた。今、同じものを視た、という確認だ。そのあと皇帝は甜花から視線を逸らした。

甜花も我に返って桟敷の手すりを摑み、見下ろした。

介抱する人々の間からふらふらとおぼつかない足取りで苑恵后が出てきた。后は侍女のそばに立つ陽湖のもとまで行くと、そのからだにしがみついた。

「あ、ありがとう……！　ありがとう！」

「ご無事でなにより」

陽湖はそっと后のからだを離そうとした。だが苑恵后はますます力を込めてしがみつく。

「あなたがいなければわたくしは死んでいました。このお礼をどうすれば」

「お礼か」

陽湖は困った顔で辺りを見回した。

「それならうちの侍女に後宮のことを教えてやってくれ。なにせ我らは田舎ものゆえ、知らぬことが多いのでな」

にこりと陽湖が笑いかけると、血の気の引いていた苑恵后の頰がぽっと紅くなった。

死んだ侍女が運び出されてゆく。陽湖はそれを見送ると、后から離れ、地面に落ちていた長衣を拾い上げる。中央部分が赤く染まったそれをふわりと自分の背にかけた。

それはまるであらかじめ染められでもしていたかのような、美しい花のようにも見えた。

終

褒賞宴のあと、再び後宮にのんびりとした日々が戻ってきた。相変わらず陛下のお渡りはないが、女たちの間ではずっと宴の日の話が口の端に上っていた。おそらくあとひと月はあのときの話で退屈を紛らわせるだろう。

甜花は洗濯物を抱えて洗濯房へ向かっていた。背後からぱたぱたと足音がする、と思ったら、背中に飛びつかれて驚いた。

「甜々！」

「小鈴！」

明鈴も洗濯物を抱えていた。佳人付きの召使から言いつけられたのだという。

「宴では会えなかったわね、残念」

「そ、そうね」

明鈴の言葉に多少後ろめたさを感じながら甜花は肩越しに答えた。

「でもすてきだったわね、陽湖妃さま！　苑恵后さまを抱き上げた姿なんて、まるでお芝居を観ているようだったわ」

「そうね」

「あれで陛下も陽湖妃さまに興味を持たれたんじゃないかしら」

「そうね」

そうね、としか言っていないが明鈴は気にしていないようだった。

「そういえば、皇宮からの命令で、今回死んだ侍女と春先に死んだ召使の関係が調べられたんですってね、聞いた？」

「え？　いいえ」

それは初耳だったので、甜花は初めて明鈴の顔を見た。

「なんでもあの死んだ侍女が召使に毒を飲ませて殺したらしいの。びっくりね。おかげで召使の家族に見舞金が出たそうよ。後宮で自死扱いされてて肩身が狭かったみたいだから、よかったわよね」

「そうだったの……」

もしかしたらそれは皇帝の指示なのかもしれない。侍女の横に立つ鬼霊を見て、思うところがあったのか。あれから厨房近くの廊下にあの鬼霊の姿は見えない。甜花もうつむかずに歩ける。

「そういえばあの褒賞宴のとき、陽湖妃さまと一緒にいた侍女は誰だったの？　あんな人、第九座にはいなかったようだけど」

　明鈴の言葉にぎくりとする。

「え、ええっと、あれは你亜さまよ。いつもと化粧を変えられていたの」

「そうなの？　ずいぶん美しい方だったわ」

「白糸という召使が化粧の名人でね、どんな顔にもしてくれるのよ」

「へえ！　いいなあ、あたしにも教えてくれないかしら」

「聞いてみるわ」

「ほんと？　甜々、優しいのね、ありがとう！」

　明鈴がからだを擦りつけてくる。チクチクと胸が痛む。友達に嘘をつくのはいけないことだ。けれど本当のことを言えば傷つける。いったいどうしたらいいのだろう。

「陽湖妃さまは本当にすてきねえ。フタン地方の人に歌を歌ったのも素晴らしかったわ。訛りだけで出身を当てられるなんて」

　そういえばあのあと陽湖に聞いてみた。なぜ自分が男の出身地をわかると思ったのかと。

　すると陽湖はなんでもないことのように言ったのだ。

「おまえは知の巨人と呼ばれた士暮水珂の孫なのだろう？　いろいろと教わったり、書物を読んでいたはずだ。おまえが賢くて知識持ちであることは話を聞いていてわかったからな」

陽湖には祖父との暮らしぶりを話して聞かせていたので、祖父が名のある博物官だということは知っていたのだろう。しかしそれだけで自分を信頼してくれたことに、甜花は感激した。

この信頼に報いるためにはずっとお仕えして……。

(いやいやいや)

甜花はぶるぶると首を振った。

自分の目的は後宮の図書宮の書仕になることだ、決して夫人の宮に仕えることではない。

「どうしたの？　甜々」

明鈴が百面相をしている甜花の顔を心配そうに覗き込む。甜花はそれに顔を引きつらせて笑みを返した。

どうやって飽きてもらって第九座から出されるかばかり考えていたのに、今は自分のほうが陽湖に熱中している。

(目立たず騒がず愛されず。夫人の下働きなんて図書宮に入るまでの腰かけなんだから)

甜花は洗濯物を抱え直した。

甜花の願いが叶うのかどうか、それはまだ誰にもわからない。

第二話 甜花、呪いを解くの巻

序

第九座の窓から見える小さな庭に、真っ赤な曼珠沙華《マンシュサゲ》が咲いた。ひと群れになって風に揺れているところは、赤い光が射しているようだ。

ついこのあいだまでは姿もなかったのに、と甜花は不思議な気持ちでその鮮やかな紅を見つめる。

「どうした？　甜々」

声と一緒に柔らかく肩を抱かれ、甜花は背の高い女主人を見上げた。

「いえ、曼珠沙華が咲いているなあ、と思いまして」

「ふむ」

第九座の佳人である陽湖も窓から外を見つめる。

「いつの間に咲いたのかな」

「不思議ですよね、気づきませんでした」

「曼珠沙華は墓場に咲くので不吉だという人間もいるが、甜々は平気か？」

陽湖は大きな目で甜花を覗き込んだ。甜花は首を横に振り、

「墓場に咲くのは、あの花の根に毒があるので、モグラ避けに植えられるからです。モグラに棺を壊されたくはないですからね。だから不吉とは思いません」

「ほお、さすがに博物官の孫だ。物知りだな」

陽湖は他愛のないことでも褒めてくるので、甜花はくすぐったいような気持ちになって首をすくめた。

「本に書いてあっただけです。でも、人が自分の都合でやったことなのに、あとから不吉だなんて言われて曼珠沙華も気の毒です」

甜花の言葉に陽湖はくすりと笑った。

「わたし、おかしなことを言いましたか？」

「いや、花の気持ちになるなんて甜々は優しい子だなと思って」

「そんなことは……」

甜花は照れて窓からあちこちに視線を飛ばした。

「それにしても」

陽湖は窓の桟に両手をつき、窓の格子に顔を押し付ける。

「曼珠沙華というのは、葉がないためか人の姿のように見えるな」

確かに陽湖の言うように、大きな花冠にすらりとした茎の様子は女性が立っている姿にも見える。

「赤い花帽子をかぶった花嫁のようですね」

那ノ国では婚姻時、花嫁は赤い布の帽子をかぶる。花帽子と呼ばれるそれは、筒型で後ろ部分が背中に垂れ下がり、前は折り返して白い額を見せる。

花帽子には、母親や祖母や姉妹、親戚の女性たちが色とりどりの糸やビーズで刺繡を施すため、ひとつとして同じものはない。

「ではあれは花嫁の行列だな」

赤い花帽子の花嫁たちが並んで歩いている。その想像は幻想的なようでいて、少し怖い気もした。

一

甜花は陽湖について苑恵后の館、第二后宮に来ていた。白糸に化粧を施してもらい、侍女の装いになっている。

褒賞宴以来、毎日のように苑恵后から茶会の誘いがきて、さすがに断り続けるのもむずかしくなった。そもそも下位の佳人が后の誘いを断ること自体、問題がある。

その茶会についてこいと言われたときは甜花も仰天した。下働きが后の館へあがることはできない。だが、陽湖はなんでもないことのように、「では侍女になればいい」と笑った。

甜花は陽湖の横でできるだけ身を縮めていた。そんなことをしても姿が消えるわけではないが。

「本当によく来てくださったわ、陽湖さま」

苑恵后は褒賞宴のときよりも華やかに着飾っていた。間近で見ると若いというより幼い。甜花と同じくらいか、ひとつふたつ上ではないのか。

彼女の周りには侍女が数名控えている。苑恵后は太政大臣の縁戚で、四后の中では二番目の地位になる。侍女の数も召使の数も多く、館も広かった。

萩と菊の咲く庭を見渡せる大きな窓のある部屋は、豪華な絨毯が敷かれ、西域の珍しい刺繍の入ったクッションで埋め尽くされている。陽湖は美しい蔓草《つるくさ》模様が描かれたクッションにそのからだをもたれさせていた。

「何度もお誘いをお断りして申し訳ない、苑恵后殿」

「具合が悪かったんですもの、仕方ないわ」

苑恵后は手ずから茶器をとり、小さなカップにお茶を注いだ。

「辰恭《シンキョウ》から取り寄せたお茶ですのよ。夜薔花《やそうか》という名前がついていますわ」

その名の通り、漂う香りは夜の庭園を歩いているような、甘くしっとりとしたものだった。陽湖はすうっと香りを吸い込むと、苑恵后に魅力的な笑みを向ける。

「これは素晴らしい。辰恭は茶の名産地だが、こんな香りは初めてだ」

「お気に召していただけたようで嬉しいわ」

苑恵后は本当に嬉しそうだった。夫人たちは地位にこだわるものなのに、下位の陽湖に屈託がない。命の恩人ということもあるのだろうが、陽湖に純粋な好意を抱いていることが甜花にもわかった。

「わたくし、陽湖さまのことがもっと知りたいわ。陽湖さまのご出身は桂陽《ケイヨウ》でしたわよね」

「そうです。那ノ国のもっとも西の端に位置する桂陽……なにもない田舎ですよ」

そう言っても苑恵后は目を輝かせて陽湖を見上げる。陽湖は困ったように笑って話を続けた。

「桂陽は山ばかりの領地でね。平地はわずかだ。民人は山で狩猟をするものが多い。あとは山を開墾して段々の畑を作っている」

甜花も陽湖の郷には興味があったので黙って耳を傾けていた。

「山には危険が多いので、民人は山の神や妖どもを祀っています。桂陽の地は人と妖の距離が近い」

「まあ、妖……。陽湖さまは妖を信じてらっしゃるの？」

苑恵后は面白そうに言った。那ノ国でも首都あたりでは妖を信じないものも多い。

「見たことがあるからな」

「まあ」とか「怖い」とか、部屋の中で小さな声があがる。甜花は別な意味で驚いた。陽湖さまも人ならざるものを見るなんて！

「どんな妖ですの？」

「山に入ってたいていの人間が出会うのはアシカラミだな。透明な蛇のようなもので、人の足に絡んで転ばせたり足を重くさせたりする。塩を嫌うので山で仕事をする人間はみんな塩の入った袋を持っている」

「そういうものならあまり怖くなさそうね」

苑恵后はほっとしたように言う。

「けれど、緑繁れる夏に落ち葉が降ってきたらご用心。それはハオトシという妖の仕業で、上を向いた人間の目を、長い爪でひっかけて奪っていくのだ」

きゃあきゃあと甲高い声があがる。怖がっているわけではない、ここは後宮で山の中ではない。

「しかし危険な妖ばかりではない。切り株に小さな老人が腰かけているときがある。彼に食べ物を恵むと、その日、狩りで大物が獲れたりするのだ」

陽湖は茶を飲み、周りの女性たちに目を向けた。

「桂陽の人間は、長い時間をかけ、妖とのつきあいを学んできた。互いに互いの領分を侵さなければむやみに怖がることもない。時には妖が人間をからかったり、人間が妖を出し抜いたりもする」

「陽湖さまは恐ろしい妖をご覧になったことは？」

「そうだな。山の奥には齢数百年という古狐の妖がいる。それに出くわしたときは恐ろしかったな」

しかし陽湖の顔にはちっとも怯えはない。かえって楽しげだった。

「真っ白な毛並みの美しい狐だ。尾がみっつもあり、大きさも人の背丈ほどある。人語を解し妖しの術を使う……そう、人に化けるのも得意だ」

「まあ、その化けたものをご覧になったの？」

「その狐は化ける人間を大きな口で一飲みにするのだよ。そして尾を抱いて化ける……その化けた人間は——今あなたの目の前に！」

と、陽湖は言って「わっ！」と大声を出した。苑恵后はきゃーっと叫んで笑い崩れた。

「ひどいわ、陽湖さま。わたくし、胸がつぶれるかと思ったわ」

「おやおや、こんな美しい胸をつぶしてしまったら、私が陛下に叱られてしまう」

「まあ、陽湖さまったら……」

苑恵后は頬を桃色に染める。普通なら歯の浮くような手練《てれん》の言葉も、陽湖の美しい唇から出ると甘い詩文のようになってしまう。

第二后宮の女たちは、陽湖の美貌と話の巧みさにすっかり心を奪われているようだ。

「わたくしも妖に会いたいわ。桂陽に行けば見られるのかしら」

「妖はそう簡単に姿を見せない。また、視られる人間も限られる。妖を視たり、鬼霊を感じ取ったりするのもある種の才能だな……」

陽湖はそう言ってちらっと甜花を見た。甜花は陽湖に鬼霊が視える話はしていない。だが、陽湖の深い色の瞳はそんなことはお見通しだと言っているような気がした。

そこへばたばたと駆け込んできたものがいた。苑恵后の召使だ。

「お館さま、大変です！」

「どうしたのです、不調法な」

「へ、陛下のお渡りです。今、皇宮から連絡がありました」

「ええっ！」

「陛下は四后、九座全員を見舞うとのことです。先日の褒賞宴のねぎらいとか」

茶室は一気に慌ただしくなった。陛下のお渡りとあればなにを差し置いてもお迎えしなくてはならない。陽湖と甜花も苑恵后に挨拶して自分の座へ戻った。


侍女から下働きに戻った甜花は、座に飾る花を用意するため、庭園へ向かった。庭園には温室もあり、たくさんの種類の花が育てられている。園丁官に言えば、どんな花でも用意してくれた。

庭園には甜花の他にも、別の座や宮の下働きたちが来ていたのだが、その中の一人を見て、甜花は思わず悲鳴をあげそうになった。

その少女、哀しげな顔つきの華奢な少女の頭の上に、たくさんの鬼霊が連なっていたからだ。

苦悶するもの、悲しむもの、怒るもの、数えきれないほどの鬼霊たちが、まるでねじり飴のように絡まり、溶け合い、少女の頭上に揺れている。男もいれば女もいた。若いのも年寄りも。上にいくほど古いのか、姿を保つのもむずかしくなっているようだ。

甜花は口を開けてそれを見つめ、すぐにぶるぶると首を振った。

自分が視えたことを気づかれてはいけない。関わり合いになってはいけない。

あんな大量の鬼霊をつけた人間はもうどうしようもない。鬼霊に引きずられ、陰の気にどっぷり浸かって不運の道を這い回るしか。

気の毒だけど、わたしにはなにもできない。あれだけ大量の執着がありそうな鬼霊を祓うなんて無理だ。なにもできないのに視えてしまうのが情けない。ああ、なんてうっとうしい力なのかしら！

少女から目を逸らしたとき、「甜々！」と背中を叩かれた。振り向くと明鈴が大輪の笑顔で立っている。

「小鈴！　あなたもお花を？」

「うん、急に陛下のお渡りがあるんだもの、びっくりよね」

甜花と明鈴は大急ぎでお互いの近況を話し合った。

「そうそう、甜々に紹介したい人がいるのよ」

明鈴はぱんっと手を叩くと甜花の片腕に手を回した。そのままぐいぐいと引っ張っていく。

「ねえ、彩雲《サイウン》！　来て」

ぎゃっと甜花は悲鳴をあげそうになった。明鈴が引っ張っていったその先にいたのは、あの鬼霊が重なっている少女だったからだ。

「甜々、こちら彩雲長佐《チョウサ》。あたしが後宮に入る前から知り合いだったの。彩雲、こちらは甜花水珂よ、後宮でできたお友達なの」

お友達、と紹介されて嬉しかった。しかし、彩雲という少女とお近づきにはなりたくない。

「彩雲は今年いろいろと不幸が重なったの。だからあたしたちで元気づけよう、ね？」

不幸。それはそうだろう、これだけ鬼霊をつけていれば。

思わず目線が上下する。そのとき、「きゃーっ」とかん高い悲鳴が聞こえた。なにか事故かと声のほうに顔を向けると、別な少女が庭園に降りる階段のほうを見て口を覆っていた。

視線の先に——男性がいた。

後宮に入れる男性は一人だけ。つまり、

「皇帝陛下！」

きゃあっと明鈴も歓声をあげ、甜花にしがみつく。

皇帝は甜花たちのほうを向いていたが、その視線は微妙に外れていた。やや上のほうに向けられ、驚いたような表情が張り付いている。

（彩雲の鬼霊を視ているんだわ！）

やはり皇帝は鬼霊が視えるのだ。

園丁官の長が温室から飛び出し、皇帝の前にすっとんでゆく。

「後宮の庭園は美しいと聞いていたので」

皇帝は膝をつく園丁官にそう言ってはいたが、その目は花ではなく立ち尽くす甜花たちのほうにずっと向けられていた。


皇帝のお渡りは四后の宮を巡り、九佳座すべてに及んだ。第一佳人から始まって最後は第九佳人の陽湖の第九座となる。

皇帝が第九座の扉を開け、くつろぎの間に入ると、第九佳人の陽湖と侍女の銀流が床に膝をついて頭を垂れていた。

「ようこそおいでくださいました」

銀流はそう言うと、椅子を手で指した。長椅子ではなく、手すりのついた豪華な椅子だ。皇帝はそこに腰を下ろし、床に座ったままの二人の女を見下ろす。

「先日の褒賞宴では見事な働きであった。そなたのおかげで苑恵后に怪我はなかった」

皇帝がそう言うと、陽湖は顔を上げ、しかし、皇帝ではなく銀流のほうをちらと見た。

「もったいないお言葉、陽湖妃は自分のできることをしたまででございます」

答えたのは銀流だ。皇帝はその言葉を聞いて小さく首をかしげた。

「ひとつ聞きたい。あのときそなたは誰よりも早く苑恵后の桟敷に走った。桟敷が倒れることがどうしてわかったのだ？」

再び陽湖が銀流に目配せする。銀流はうなずくと、

「それは陽湖妃の耳が、柱にひびの入る音を捉えたからでございます」と答える。

「……そなた、口がきけなくなったか？」

若い皇帝は苛立った口調で言った。

「皇《こう》はそなたに聞いているのだ」

陽湖は顔を上げると、翡翠の瞳で皇帝を見つめた。

「私は偉い方への口のきき方がなっておらぬので、しゃべるなと銀流が言うのだ」

赤い唇が不満そうにそう告げる。それに、皇帝は思わず、というふうに笑い出した。銀流は服のたもとで顔を覆う。

「そうか、わかった。好きなように話すがよい。皇が許そう」

「それはありがたい。私は身分の高い人間と話す機会などなかったのでな、無礼なことがあっても許してくれよ」

陽湖はさばさばとした口調で言うと、立ち上がってお気に入りの長椅子に腰を下ろした。

「もうひとつ聞きたい。あのとき共にいた少女はなにものだ？」

「あれは私の侍女だが」

「侍女？」

皇帝は頬だけで笑う。

「そなたの侍女は下働きの仕事もするのか？」

陽湖は銀流とすばやく目で意思を交わし合う。

「――下働きを侍女と偽ったことについて、なにか咎があるのか？」

「いや、別に。頭の固い年寄りなどは前例がないなどと騒ぎ立てるだろうが、ばれていないのだから問題はない」

「それはよかった。いずれかで私の侍女……下働きを見たのか？」

「庭園でね。ずいぶん顔が違っていたが同じ少女だとすぐにわかった」

それを聞いて陽湖が肩をすくめる。皇帝は部屋に飾られている大輪の薔薇の花に目を向けた。

「これを取りにきていたのだろう」

「そう。働き者でね、気に入っている」

「名は？」

「甜花水珂だ」

「甜花……なるほど」

皇帝はうなずいた。

「彼女はあらかじめこのような事件が起きることを知っていたとは思わないか？」

「思わないな。なぜ陛下はそう考える」

皇帝は椅子の手すりに両手を置き、深く背もたれに身をもたせた。

「あのとき、彼女は別なものを見ていたような気がしたのだ」

「別なもの、とは？」

「そなたは見ていなかったのか？」

陽湖は首を振った。

「私が見たのはカラスが苑恵后を襲ったこと、そして桟敷が崩れたことだけだ。他のものは見えぬ」

「そうか」

皇帝は小さく息をつく。

「そなたの働きにもしやとも思ったのだが」

「陛下」

陽湖は長椅子から身を乗り出した。

「御身はなにを視た？」

皇帝は薄い唇を閉じた。若い面が氷の彫像のような無表情になる。

「私は苑恵后を救ってくれた礼を言いにきただけだ。もう失礼する」

皇帝は立ち上がると自分で扉を開けた。

「陽湖妃、最後にひとつだけ」

肩越しに振り向いて長椅子に横たわる第九佳人に言う。

「そなたは人間か？」

陽湖は答えず、きゅっと赤い唇を吊り上げただけだった。

会いたくないと思う相手にこそ会ってしまうのはなぜなんだろう。

二

それはここが食堂だからか。

夫人や侍女たちはそれぞれの館で食事をとるが、召使以下は後宮内にある大食堂で三食とることになる。

時間が決まっているわけではなく、仕事が終わったものから食堂へ行く。厨房の下働きに昼食用の食札を渡せば、次に夕食用の食札をもらえる。

なので日に何度も食事をとることはできないが、好きなものを好きなだけ食べることができた。

大勢の下働きや召使たちの中でも彩雲の姿はすぐにわかった。相変わらず顔色が悪く、相変わらず頭の上に鬼霊たちを載せている。

出直そうかとも思ったが、隣に座っている明鈴が大きく手を振っているので逃げられなかった。

「甜々、今お昼なの？　遅かったのね」

彩雲に会いたくなかったからわざと仕事を増やして遅く来たのだとも言えない。

「ここ、座って！　あたし、甜々の粥と揚げ餅をとってくるから！」

「あ、いいのよ、小鈴」

甜花はあわてて言ったが、すでに明鈴は立ち上がっていた。

「いいからいいから！」

明鈴はむりやり甜花を彩雲の横に座らせると、自分は厨房とのしきりに置いてある大鍋に駆けていった。明鈴は裕福な家の子のはずだが、こういうところは性格のよさなのか足が軽やかだ。

「こ、こんにちは」

甜花はできるだけ彩雲の頭上を見ないようにしながら挨拶した。

「……ごめんなさいね」

彩雲はさじで粥をすくいながら呟いた。

「え？」

「わたしのような不運な人間のそばになんかいたくないでしょう？」

「そんな」

「明鈴は同情してくれてるから……」

彩雲は寂しげに笑った。

「小鈴……いえ、明鈴は優しいのよ」

「そうね。とても優しい子。だからわたしは明鈴の近くにいちゃいけないのに」

彩雲の頭上で比較的はっきりしている鬼霊が、心配そうに彼女を覗き込んでいる。それは二人の女性で、一人は彩雲によく似ている若い女、もう一人は幾分年かさの女だった。

「わたしのそばにいる人はみんな死んでしまうの」

彩雲は粥をかきまぜた。

「去年、わたしの両親と妹が死んだわ。血のつながりはなかったんだけど、とても大切にしてくれたの……その前にも実の母親と祖母と仲良しの集千《シュウセン》って近所の子が」

彩雲を覗き込んでいる二人の女性は、それでは実母と義母なのかもしれない。彩雲の頭上で鬼霊たちが嘆きの声をあげながら激しく身をよじった。

「さ、彩雲。そんな話はしない方がいいわ」

甜花は鬼霊たちをちらちら見ながら小声で囁いた。

「そうね、ごめんなさい。不愉快な思いをさせて」

「そういうわけじゃないんだけど」

彩雲の実母らしき女が彼女の肩を抱きしめる。年齢からするとずいぶん若いときに亡くなったようだ。きっと娘が心配なのだろう。

慰めるように頭を撫でても話しかけても彩雲にはわからない。義母のほうも顔を覆って泣いている。

二人ともなにも言わないが、甜花は責められている気持ちになった。自分は視えるのに、なにもできない。

「おまたせー」

明鈴がお盆に粥と揚げ餅を載せて戻ってきた。茶器もみっつ載せている。

「あら、彩雲。もう終わりなの？　それっぽっちじゃ夜までもたないわよ」

器を片づけ始めている彩雲に、明鈴は心配そうに言う。彩雲は弱々しい笑みを浮かべ、首を振った。

「おなか、すいてないの。先に仕事に戻るわ」

「彩雲てば」

彩雲は明鈴と甜花に頭を下げるとそのまま食堂を出ていった。

「昔からおとなしい子だったけど、ここに来てずいぶん元気がなくなっちゃったわね」

明鈴は彩雲のはかなげな後ろ姿を見送って呟いた。

「家族が亡くなったんならそうなるよ」

「あら、彩雲、そんな話をしたの？」

「うん……」

ふうっと明鈴は肩を落とした。

「彩雲ね、自分のこと魔物憑きだと思っているのよ」

「魔物憑き？」

「あたし、彩雲と同じ手習い処にいたんだけど……」

「まさか、誰か死んだ？」

明鈴は驚いたように目を見張った。

「なんでわかったの？　そうなの、急に手習い処の壁が崩れて、友達が三人死んだのよ。本当は彩雲が座っているはずの机だったんだけど、そのとき彩雲は遅刻してきたの。だから別の子がそこに座ってて……。一番ひどく押しつぶされたのは彩雲の机にいた子なの」

「三人……」

彩雲は両親と妹が死んだと言った。その前も実の母と祖母と友達が。そして手習い処でも三人。

「彩雲のご両親が亡くなったのはなぜなの？」

「あたしも噂でしか知らないんだけど」

明鈴は甜花に身を寄せた。

「物取りが家に入ったの。それで家にいたご両親を包丁で刺して……彩雲はたまたま怪我で療養所に入院してて助かったのよ」

彩雲はそういう星のもとに生まれた子なのだろうか？　事故が起きるたび、たまたまその場に居合わせない。そして三人死ぬ。

それではまるで……呪いのようではないか。

呪われて死ぬから、魂があんなにも苦痛の呻きをあげて彩雲にとり憑いているのだろうか。

「甜々、どうした？　元気がないな」

陽湖に声をかけられ、甜花ははっと顔を上げた。

第九座で花瓶に花を生けていたのだが、その手が止まっていたようだ。午後の日差しが格子で区切られたガラス窓から入り、床に四角い光を落としている。

「も、申し訳ありません、ちょっと考え事をしていたもので」

「考え事？　どんなことだ」

「ええっと……」

彩雲のことを話せばうっかり鬼霊が視えるという話にもなるかもしれない。それは避けたい……。

「図書宮のことを考えていました」

他にいい言い訳も思いつかず、口に出したのはいつも考えていることだ。

「図書宮？」

「はい。後宮にある大図書宮……。ご存じですか？」

「いや、知らぬな。そういうものがあるのか」

首をひねる陽湖に、説明する甜花の声が大きくなった。

「はい、国中の書物が集められているそうなんです。わたし、後宮に来てからはまだ入ったことがないんです……」

「ふうん……？　私は書物にはあまり興味はないが、甜々は好きなのか？」

「は、はい！　大好きです」

　これはもしかしたら第九座を辞めて図書宮に行きたいという話に持っていけるだろうか？

「わ、わたし、実は図書宮へ行きたいんです！」

　言ってみた。叱られるだろうか？

「ほう。なら行けばいいじゃないか」

「え？　いいんですか？」

「ああ、行きたいところへ行けばいい。止めはしないぞ」

　それはそれでちょっと寂しいが、しかし。

「ありがとうございます！　では館吏官に異動届を出していただけますか？」

「ん？　図書宮に行くのにそんなものが必要なのか？」

　あれ？

　あれれれれ？

「一限くらいで戻れよ。おまえがいないと寂しいからな」

　甜花の決死の思いが伝わっていなかったのでがっかりする。しかし、図書宮へ行くために、自由時間をとってくれた。陽湖に好きな本のことを聞いてみたが、書物には関心がないとそっけない。なので甜花が読みたい本を借りることにした。

　後宮を出て、巨大な森のような庭園に向かう。そこをまっすぐ突っ切ると図書宮の入り口だ。革鎧を身にまとった女性兵士が入り口を守っている。図書宮は皇宮と後宮の中間に位置し、皇宮とは渡り廊下で通じているので警戒が厳重だ。

後宮の人間だけでなく、市井のものも、皇宮の許可を得れば、図書を閲覧、貸し出しができる。図書宮に辿りつくまでに時間がかかるので、甜花のような下働きは、仕事を離れておいそれと出かけることはできない。だが、今日は陽湖の許可を得ている。

甜花は門を守る兵士に軽く頭を下げ、図書宮へと足を踏み入れた。士暮が博物官の地位を退いてからは首都を去ってしまったので、実に一〇年ぶりとなる。

槍で守られた門扉を通ると、明るく広い、芝で覆われた庭がある。その中央に、三層の石造りの大きな館があった。

壁面は黒く塗られてまるで巨大な影のようだ。しかし、湿気を嫌う書物のために、窓はたくさん作られている。

建物に比べて門は小さい。その入り口にも、また槍を持った兵士がいる。甜花が許可証を見せると金色の鍵で扉を開けてくれた。

「わあ……」

中に入った瞬間、ぶわり、と独特の匂いをまとった空気が流れ出してきた。

紙と墨の匂いだ。

知の匂い、芸術の、文化の、創造の匂い。

入り口を入ってすぐの広間は吹き抜けになっており、二層、三層の階が見えた。そこには遠目にもずらりと書棚が並んでいるのが見える。

一層も奥まで書棚が整然と並び、四方の壁に沿うように黒い階段がいくつもある。

書物は陽の光を嫌うため、窓の日差しが届かぬように、書棚は中央に集められており、窓際には書仕たちが作業する机が並んでいた。

無音ではない。サラサラ、カサカサと書仕たちが書物に触れる音、書物を書き写す音が静かに続いている。

懐かしさと、これだけの書物を目にした感動で呆然と立っている甜花の前に、白い長衣、青い袖無しの胴着という、書仕の装いの女性が立った。若く、聡明な目をした女性だ。

「ご入り用の本は？」

「あ、は、はい。これです」

甜花の差し出した紙に目を落とした書仕は、ほお、と感心した顔をした。

「後宮にこんな本を読む方がいらっしゃるとは思いませんでした」

甜花が書いた書名の一冊は那ノ国の怪異についての本だった。どうしても彩雲の頭の上の大量の鬼霊が気になり、他にもあんなふうに多くの鬼霊が連なっている事例を調べたいと思ったのだ。もう一冊は純粋に楽しみのための物語が書かれている本だ。

「では、ここで待つように」

書仕は白いすそを引いて身を翻そうとしたので甜花は驚いた。

「え、あの！」

「……なにか？」

不審げに振り向く書仕に甜花はおそるおそる言った。

「あ、あの、閲覧の申請は出してあります。書架を見せてはいただけないのでしょうか？」

以前は許可をもらえれば自由に入って本を読めたはずだ。幼い頃、祖父に連れられてよく書棚を見て歩いた記憶がある。

「申し訳ありません。近年規則が厳しくなり、書仕と皇宮の方以外は入れないことになっております」

書仕は冷ややややかな声で答えた。

「そ、そんな……」

甜花は書仕のからだの向こうの書物の宝庫を見つめた。すぐそこなのに手に取るどころか眺めることもできないなんて。

「よいではないか」

涼やかな声が聞こえた。甜花と書仕が振り仰ぐと、二層の欄干から身を乗り出している男性がいた。

「へ、陛下！」

皇帝だ。手に巻物をひとつ持っている。書仕と甜花はあわてて膝をついた。

「その娘を図書に入れてやれ。その子は九座の陽湖殿の侍女……いや、下働きだ」

「しかし規則では」

「規則は皇が作っている。その皇がよいと言うのだ。問題が？」

年若い皇帝の言葉に書仕は両手を組んで頭の上に持ち上げた。

「陛下の御意のままに」

皇帝はわずかに表情を緩めると、さっと欄干を飛び越えた。

「きゃ……っ」

図書宮で大声を出してはいけない。甜花は悲鳴を押し殺した。書仕も両手で口を押さえている。

皇帝は軽やかに床に着地した。二層とはいえ、普通の宅の二階とは高さが違う。

「お、お怪我は」

書仕はあわてるが、皇帝は平気な顔で彼女に巻物を手渡した。

「これの続きを。それからこの娘の本を。その間だけ、図書宮内を案内しよう」

「か、かしこまりました」

書仕はあわてて階段に向かう。皇帝は驚いた顔のままの甜花を振り向いた。

「おいで」

「は、はい」

甜花は皇帝のあとについた。なぜ皇帝がそこまでしてくれるのかわからず、緊張で胸が破裂しそうだった。

しかし、書庫の中に一歩足を踏み入れた瞬間、そんな疑問は吹き飛んだ。

吹き抜けの広間から入るとさすがに低く感じるが、それでも天井まで十分な高さがある。その天井までを書棚が埋めていた。まるで本の詰まった柱だ。

ところどころ、書棚に梯子がかけられている。梯子には車輪もついており、ときどきカラカラと動かす音がしていた。

右を見ても左を見ても書物ばかり。

「ああ……」

どの本も読まれたがっている、と甜花には思えた。書物はひもで綴じてあるもの、巻物の形になっているもの、背をつけられているものとさまざまだった。

すべての書物は書名が見えるように配置されている。その書名を見ているだけで甜花は興奮した。

(読みたい！　手にとって感触を確かめたい。匂いをかぎたい、頁をめくる風を感じたい、むしろここで暮らしたい！)

窓際の明るい机では、たくさんの書仕たちが左に書物を置き、右に紙を置いて中を書き写している。事故があったときのために写本を作っているのだと、前に祖父に聞いたことがあった。さらにそれを版木に彫って残す。そうすれば何冊でも刷り出すことができる、と。

今まさに彼女たちの指から書物が生まれていることに、甜花は感激した。

（あ……）

一番大きな窓の下に台があり、その上に花瓶が置かれている。その中には香気のある花が生けられていた。

（花瓶……花……。待って、この光景どこかで……）

そのとたん、ぱちぱちと火花が散るように記憶が頭の中にひらめいた。

（あ……っ、あの子……あの、おにいちゃん……）

あれはいくつのときだったか。

祖父がまだ博物官だった頃だから五歳になる前だ。

祖父と一緒にこの図書宮に入り、祖父が自分の調べ物をしている間、甜花は大きな本棚をいくつも越えて遊んでいた。

手の届く範囲の本は引き出してみて、その美しい装丁を楽しんだ。

そのとき、どこからか子供の泣き声が聞こえてきた。泣き声は必死にそれを外へもらすまいとしている抑えられた声だった。

甜花は引き出した本を棚に戻すとその声の主を探した。

書架は背が高く、子供には深い森のようだった。日差しの入らない乾いた図書宮で、時折つま先立って祖父がいる方角を確かめながら、甜花は書架の間をめぐった。

「だあれ？」

甜花は小さな声で話しかけた。

「そこにいるのだあれ？　ないてるのだあれ？」

窓から下げられた分厚いカーテンが揺れた。そこから小さな白い顔が覗く。

「ないてたの、あんた？」

「おまえは誰だ？　鬼霊か？　それとも人か？」

子供は男の子で甜花よりも年上に見えた。いくつなのかはわからない。

「どうしたの？　おっきいのになんでないてるの？」

「母上が死にそうなのだ……」

少年は両手で目の上を擦った。

「そうなんだ……おにいちゃん、かわいそう」

「母上がいなくなったら……化物が来る……」

「ばけものって……あんなの？」

甜花の指さすほうを見て、少年は息を呑んだ。

書架の下にうずくまる黒い影がするりと壁のほうへ移動する。

「おまえも……化物が視えるの？」

「みえるよ。でもあれはそんなにこわくないよ」

甜花は黒い影に手を振った。影はそのまま天井のほうまで登り、姿を消す。

「もっとこわいのいっぱいいる。でもあたしにはおじいちゃんがいるからだいじょぶなの。でもおにいちゃんのおかあさまみたいに、おじいちゃんがいなくなっちゃったら……どうしよう」

そのときのことを考えて、甜花は突然怖くなった。

「やだ、おじいちゃんしんじゃやだ」

しくしく泣き出した甜花に、少年は驚いた顔をして、それから困った様子で手を握ったり開いたりした。

「大丈夫だ、おまえの祖父——おじいちゃんは死なない」

「ほんと？」

「ほんとだ」

「じゃあ、おにいちゃんのおかあさまもしなないよ？」

「……」

少年はきょとんとして、それから小さく笑った。

「ああ、そうだね。きっと母上は大丈夫だよ」

「うん」

それから二人して書架を移動し、大きな花瓶の前に座った。白い花房がいくつも垂れ下がり、とろりと甘い香りが床の上を這っていた。

「化物が視えるのは、僕と母上だけだった……でも他にもいるのだな」

「あたしもみえるひとにはじめてあったよ」

甜花は顔のそばにさがっている白い花を両手で持って、甘い香りを吸い込んだ。

「化物も怖いのだが……」

少年は立てた膝の上にあごを乗せて呟いた。

「他の誰にも視えてないのがもっと怖い。僕だけが視ているものが真実なのか、それとも僕の頭の中の妄想なのか……」

「あたし、みえてるよ？」

「うん」

少年は花粉で黄色く染まった甜花の手を握った。

「おまえも視えてる。そうわかっただけで嬉しいよ。僕は大きくなったら王様にならなければいけないのに、こんな怖がりではだめだと父上にいつも呆れられているんだ」

「おうさま？」

「ああ」

「うそだあ」

甜花はけらけらと笑った。花房が振動で花粉をまき散らす。

「おうさまはもっとおおきくて、おひげがはえてて、とってもつよいんだっておじいちゃんいってたもん。そんできんぴかのふくをきてるのよ」

「僕だってもっと年をとれば背が伸びて髭も生えるし、強くなる」

少年はちょっとむっとしたように口をとがらせる。

「じゃああんたがおうさまになったら、あたし、けらいになるよ。そんでいっしょにこわいおばけやっつけよう」

「そうだね……」

少年は口元に手をやり、少しばかり考え込んだ。

「家来じゃなくて……后になってくれ。そうしたらいつも一緒にいられる。母上のように、ずっとそばにいてくれ」

「おにいちゃん、こわがりだなあ」

甜花はくすくす笑って手を差し出した。

「いいよ、おにいちゃんがおうさまになったらおきさきさまになってあげる」

「ほんとうか？　約束だ」

少年は甜花と手のひらを合わせ、指を絡めた。

「うん、やくそく。おててむすんでほおたたき、たがえたあすにはくびきりおとす」

「くびきりおとす」

約束事のまじない歌を歌って手を離す。少年の上げた手首に七色の腕輪が光っていた。

「名前はなんという？」

少年が聞いた。

「てんてん、よ。てんてんっていうの」

「てんてん……。僕は――」


「えっ！」

思わず発した声は小さかったが、図書宮の中では大きく響いた。しかし、どの書仕の背中も微動だにせず、自分の仕事を続けている。

振り向いたのは甜花の前にいた人だけだった。つまり皇帝が。

（え？　待って、王様になるって言った？　おにいちゃん。王様って……つまり那ノ国の王様って……）

目の前に立つ青年、那ノ国の王。つまり、

「へ、陛下……」

皇帝陛下が……わたしをお嫁さんにすると？

「どうした？」

皇帝は小さな声で言った。

「い、いいえ。なんでも」

甜花も囁いた。

皇帝はさっさと書庫の奥へと進む。甜花はもう歩く気力もなく、その場にしゃがみこんだ。

何度も夢に見た初恋の相手、自分を妻にと望んでくれた王子さま。それが本物の王子さまだったなんて。

「うそだ……」

呆然と膝をつき書棚を見上げていると、ぽん、と肩を叩かれた。

「ひゃあっ！」

今度こそ、本も崩れおちるほどの大声を出してしまい、甜花はあわてて口を押さえた。さきほどの書仕が顔をしかめながら書物を差し出した。

「——静かに」

「も、申し訳ありません」

「書物は見つかりました。早く退宮しなさい」

「は、はい。ありがとうございます」

甜花は肩越しに図書の奥を見つめた。皇帝が書棚を背にこちらを見ている。その口元には楽しそうな笑みが浮かんでいた。

（笑ってらっしゃる——）

冷たい横顔しか知らなかった。でもあの笑顔は記憶の中の王子さまとよく似ていた……。

三

その夜。

さすがに甜花はなかなか寝付けなかった。せっかく図書宮から本を借りたというのに、頁を開いても文字が頭の中に入ってこない。諦めて目を閉じ、寝ようとしたが、そのたびに皇帝の姿が目に浮かぶ。

（ほんとかなあ、あれは夢だったんじゃないのかな、陛下が王子さまだったなんてわたしの頭の中で考えたお話だったんじゃないの？　もしほんとだったらどうすればいいの？）

枕に顔を埋めて考える。

（おにいちゃんのことは大好きだけど、皇后になったら書仕にはなれない。第一、陛下が覚えていらっしゃるかどうかもわからないじゃないの）

そう考えて仰向けになり、天井を睨んだ。

（そうだわ、きっと陛下は覚えていないんだわ。いや、名乗ってみたらどうだろう？　陛下はわたしの名を知らない。でもどうやって名乗るの？　いつ後宮にいらっしゃるかもわからないのに）

寝布をかぶってじたばたと足を動かし、ごろごろと転がってみた。

（それに、あの当時はすてきだって思ったけれど、真面目に考えたらわたしに一国の正后は無理よ、そんな重責耐えられない。第一わたしは書仕になりたいのだもの、后になったら書仕にはなれないわ……そうよ、わたしの目的は、夢は、図書宮の書仕、これだけよ……）

ようやく眠りの精がまぶたを重くしてくれたようだ。甜花は寝布から顔を出し、夢の中に落ちようとして――。

「――甜々、甜々！　起きて！」

乱暴に揺り動かされて目を覚ました。やっと眠れたのに、と不機嫌な顔で目を開けると、別の部屋にいるはずの明鈴が真上から覗き込んでいたのでぎょっとする。

「ど、どうしたの、小鈴」

「しいっ、お願い、助けて」

甜花は起き上がり、他の仲間たちを見回した。みんな昼間の作業の疲れでよく眠っている。

甜花は毛糸の肩掛けをひっかけると、明鈴と一緒に寝所を出た。

「どうしたの？」

「彩雲が大変なの！」

明鈴は胸の前で手を組み合わせ、泣きそうな顔で甜花を見上げた。

「彩雲と同じ寝所の子で、あたしと仲のいい李宇《リウ》って子が教えてくれたの。彩雲、同じ寝所の子たちにいじめられているのよ」

「いじめ……」

「手習い処で事故があった話をしたでしょう？　そのことを知っていた子が同じ寝所にいたらしいの。それで彩雲のことを魔物憑きだって言って、彩雲が入ったときからいやがらせをしてたんだけど」

明鈴は甜花の腕をぐいぐい引っぱった。

「今日、その子たちが寝る前に彩雲を寝所から連れ出して……彩雲だけ戻ってこないんだって。もしかしたら便処《べんしょ》に落とされたかもしれないの」

「そんな。羅刹武后《ラセツブ》じゃあるまいし」

羅刹武后は那ノ国史上最凶の悪后だ。十三人いた側室の両手足を斬って壺に押し込め、便処の穴に落としたと言われている。恐ろしいのは数人が壺の中で何年か生きていたというところだ。

「一緒に彩雲を捜してくれる？」

「わかった」

後宮には全員が使う便処が四ヶ所ある。糞尿は作物を育てるために利用するので汲み取り式になっている。後宮の女たち全員が使うので、かなり深い。落ちたら下手をすれば溺れ死んでしまう。

甜花と明鈴はぽつりぽつりと吊り灯籠のついている回廊を走った。

「その、李宇は助けてくれないの？」

「同じ寝所だもの。李宇が助けたら今度は彼女がいじめられるわ。だからあたしのところに来たのよ。あたしが彩雲と仲良しだから」

甜花と明鈴は最初の便処に辿り着いた。

「彩雲！　彩雲、いるの？」

夜の便処は真っ暗だ。利用するものは自室から手燭を持ってくる。便処の個室に扉はついておらず、床に丸く穴が空いているだけだ。甜花と明鈴は便処の中で呼びかけたが返事はなかった。

「ここにはいないみたいね」

「もうひとつの便処に行きましょう」

「待って、小鈴」

甜花は通り掛かった工作工房から縄を一束持ち出した。

「ほんとに落とされているのなら引き上げなきゃ」

「そ、そうね」

甜花も明鈴も便処の穴の中に落とされた彩雲を思い、身震いした。

ふたつ目の便処で呼びかけても返事はなかった。二人はすぐにそこを出て、みっつ目の便処に向かう。回廊は庭園に沿って作られている。星のない夜で、ただ半月だけがしらじらと庭の木々を照らし出していた。

走っていた甜花は、ぞくりと背中に氷の塊を押し当てられた気がして立ち止まった。

「どうしたの、甜々……」

振り返った明鈴の口を急いで塞ぎ、回廊の欄干の陰にしゃがませる。

「な、なに？」

「顔を上げないで！」

甜花は明鈴の頭を押さえたまま、庭園を窺った。月の光を透かして、透明で巨大ななにかが歩き回っている。

（なんなの？　鬼霊じゃない!?）

目を凝らしているとじょじょに見えてきた。牛のような角を持ち、豚のような顔をして、つぶれた蜘蛛のような胴体にはたくさんの足のようなものが。

（あれは……）

以前本で見たことのある姿だった。たしか、牛鬼《ギユウキ》という妖怪ではないか。

それは首をもたげ、大きな鼻をひくひくと動かした。

『彩雲はどこだ』

それは呻き声をあげた。

『蘇栄《そえい》家の彩雲はどこだ』

『蘇栄家の血の末はどこだ』

それは目がつぶれていた。顔中が血だらけだ。鼻で匂いを辿ってきたのか。

（彩雲を捜している？　蘇栄家ってなに？　彩雲の家名は長佐でしょう？　あ、養女だか

ら前の名があるんだわ）

月の光がうっすらと透明なからだの曲線を照らしている。甜花は明鈴と抱き合ってそれが通り過ぎるのを待った。

『彩雲はどこだ……』

それの姿が庭園からふっと消える。甜花は長く息を吐いて、明鈴の腕を引いた。

「なにがあったの？　甜々」

頭を押さえられていた明鈴は首をぶるぶると振って甜花に聞いた。牛鬼の声は彼女には聞こえなかったようだ。

「ええっと……おばけがいたの」

「なにそれ。甜々っておばけなんか信じているの？　きっと木の枝の見間違えよ」

明鈴は噴き出して甜花の背中を叩いた。

「そ、そうね、きっと。わたし、怖がりなの」

「そうなの？　ごめんね、こんなことにつきあわせて」

「ううん、きっと彩雲はもっと怖い目に遭ってるわ。早く助けないと」

「うん」

二人はまた回廊を走って便処を目指した。途中で甜花は振り向いたが、牛鬼の姿は現れなかった。

みっつ目の便処も真っ暗だ。明鈴は入り口から中に向かって呼びかけた。

「彩雲！　彩雲！　いる？」

するとどこからか小さな声が聞こえた。

「彩雲だわ！」

明鈴と甜花は顔を見合わせ、真っ暗な便処に入っていった。

「彩雲、どこ？」

「……ここ……たすけて」

声を頼りに進んで行くと、便処の掃除道具などを入れておく物置から声が聞こえる。さすがに便処の穴に落とされてはいなかったようだ。甜花も明鈴も少しだけほっとした。

「ここね、開けるわ」

物置の扉になにかの棒をかませて開けられないようにしてある。甜花はその棒を外し、扉を開いた。そのとたん、彩雲が掃除道具と一緒に転がり出てくる。

「まあ、彩雲、なんてこと！」

彩雲は下着だけにされ、からだが氷のように冷たくなっていた。甜花は自分の肩掛けで彩雲を包んでやった。明鈴も背中をごしごしと擦る。

「ひどいことするわね！　彩雲、あたしの寝所に来て。一緒に寝てあったまりましょ」

「ありがとう、明鈴。……甜花もありがとう」

カチカチと歯を鳴らしながらお礼を言われ、甜花は後ろめたい気持ちになった。彩雲に関わりたくないという気持ちがあったからだ。

こわがりだと言ったのは嘘ではない。鬼霊や妖など視たくないのだ。

「早く戻りましょう」

二人で彩雲を支えて便処から回廊へ出たときだった。

遠くでどぉん……となにかが壊れる音がした。それから小さな悲鳴。

「聞いた？」

甜花は明鈴を振り向いた。

「聞こえた。なにかしら」

「寝所のほうよ」

回廊を走っていくと大勢の人たちが右往左往している。手燭や灯籠が灯され、明るくなっていた。後宮内の警備を担当している警吏《けいり》も大勢来ている。

「なにがあったんですか？」

厚手の羽織物に身をくるんでいる女に聞くと、不安そうな顔で首を振る。

「あたしもよくわかんないのよ。寝所のひとつが崩れたらしいんだけど」

「寝所が？」

「地揺れもなかったのに急に崩れるなんておかしいよね」

甜花は彩雲を明鈴に預けて、人が集まっている場所に向かった。

「どいてどいて！」

大声をかけられて思わず壁に張り付くと、その前を担架に乗せられた女が運ばれていった。もう少し進むと、本当に下働きの寝所がひとつ、崩れている。寝所の前に助け出された女たちが土埃だらけになってうずくまっていた。

「こいつはもうだめだ」

ずるずると瓦礫の下から引き出された女は、頭の半分が抉られている。

「こっちも息がない」

もう一人は顔はきれいだったが、胴体がちぎれかけていた。

「死んだのは？」

「三人だ！」

警吏が声をかけ合っている。

三人の死者。三人の死。

「李宇、大丈夫なの！」

甜花の横を通って明鈴が走って行った。崩れた寝所の前に座り込んでいる少女のもとに駆け寄る。

「ああ……明鈴」

李宇と呼ばれた少女は腕を怪我しているようだったが、それ以外は無事だった。

「怖かったよ、急に天井が崩れてきて……。梓艶《シエン》も架綾《カーヤ》も洋麗《ヨウレイ》も……みんな死んじゃったよ」

「そんな……」

李宇ははっとした顔をして、明鈴の後ろにいた彩雲を見た。

「梓艶は……あんたの寝台で寝てたんだよ、彩雲」

彩雲は顔をこわばらせている。

「梓艶がまっさきに押しつぶされた。梓艶、言ってたよね、あんたが魔物憑きだって。これはあんたがやったの!?」

悲鳴のような李宇の言葉に、その場にいた女たちが動きを止める。彩雲は怯えた顔であとずさった。

「わ、わたし、知らない。わたしは梓艶たちに閉じ込められて……」

「あんたをいじめてた三人が死んじゃったんだよ！ 関係ないっていうの!?」

「し、知らない！ 知らないわよ！」

彩雲は甜花がかけた毛糸の肩掛けを強く握り、からだを縮めて叫んだ。

「李宇、落ち着いてよ。彩雲はほんとに便処の道具入れの中に閉じ込められていたのよ。今、あたしと甜花で助けてきたんだから。彩雲がなにかできるわけないじゃない」

「だって……」

明鈴に言われて李宇は泣き出した。目の前で人が死んで恐慌状態になっていたのだろう。明鈴は李宇の背中を優しく撫でた。

「医房に行って手当してもらおう。ね？ 李宇」

明鈴は李宇を抱き起こし、甜花に目配せした。彩雲をお願い、という意味だろう。甜花はうなずいた。

「彩雲……わたしの寝所に行こう？」

李宇と歩いていった明鈴の背中を見送り、甜花は彩雲に手を差し出した。だが、その手の先に彩雲はいなかった。

「彩雲？　彩雲、どこへ行ったの？」

前方は崩れた寝所の瓦礫のために進めない。と、なると、回廊から庭に降りたのだ。甜花もすぐに地面の上に降りてみた。

「彩雲！」

彩雲は下着に肩掛けだけを羽織った姿だ。いくら肩掛けが毛糸でもこんな寒い夜だと凍えてしまう。

「彩雲、どこ？」

月が照らしているとはいえ、暗く広い夜の庭園では人の姿は見えない。辺りは背の高い菊の花が芳香を漂わせているだけだ。

ふと触った菊が折れていることに気づいた。誰かがむりやり通ったためだろう。甜花は手を伸ばし、他にも折れている菊を探した。

そうやって菊を辿っていくうちに、枝を伸ばした大きな木の陰に誰かがいることに気づいた。

「彩雲!?」

驚いた。彩雲は甜花の肩掛けを木の枝にひっかけ、輪を作ってその中に首をつっこんでいたのだ。

「やめてよ！　人の肩掛けでなにしてんの！」

甜花は背後から彩雲のからだを引っぱり、輪から首を外させた。

「死なせてよ！　死なせて！」

「死ぬなら他の方法でやってよ！　これ、わたしがおじいちゃんからもらった大事な肩掛けなんだから！」

甜花は彩雲ごと地面に倒れた。彩雲はそれでも暴れようとしたので、地面に押し付けてそのからだの上にまたがった。

「なんで死ぬのよ！　せっかく運よく助かったのに！」

「だからよ！」

彩雲はわめいた。

「いつもいつも、誰かが死ぬのにわたしは生き残る。お母さんも、おばさんも、妹も死んだのに……後宮に入ればそんな運命から逃げられると思ったのに！」

甜花は彩雲の後ろの人々に気づいた。彼ら、彼女らは熱心に彩雲を見ている。悲しげに苦しげに、苛立たしげに。その一人が、不意に顔をあげ、甜花の視線を捉えた。

（しまった！）

気づかれた。自分が鬼霊を視ることができるのを。

鬼霊たちがいっせいに甜花を見る。たくさんの鬼霊がどっと甜花に襲い掛かってきた。

四

「ねえ、お母ちゃん。彩雲お姉ちゃん、いつ戻ってくるの？」

幼い少女が母親に話しかけている。

「そうねえ、明日には帰ってくると思うわよ」

ここはどこだろう？　漆喰の壁に板張りの床。古びた分厚い絨毯が敷かれている。床の上には丸い卓。その上には蒸した饅頭が置いてある。

縫物をしている女性の顔に見覚えがあった。彩雲の上に連なっている鬼霊の一人だ。

「お姉ちゃん、元のように麻於《マオ》と遊んでくれるかな」

少女は床に横になり、椅子に座って縫物をしている母親を見上げている。ごく一般的な那ノ国の家庭のようだ。そしてこの二人は彩雲の家族なのか。

「大丈夫よ、ちゃんとお医者さまがお姉ちゃんの足を治してくれるから」

甜花はこの部屋の天井辺りから二人を見下ろしているようだった。なぜ自分がこんなところにいるのかわからない。からだを動かそうとしたが、水の中にいるように手足の自由がきかなかった。

「ただいま」

風が吹き込んで扉が開いたのがわかった。外は雨なのか、肩を濡らした男性が入ってくる。

「おかえりー、お父ちゃん」

床にいた少女が立ち上がって父親の外套にしがみついた。父親は「濡れるよ」と言いながら部屋の中を見回し、卓の上に目を留めた。

「おや、なんだいその饅頭。お父ちゃんがもらっていいかな？」

「だめ！　明日お姉ちゃんが帰ってきたらあげるんだから！」

少女がぱっとからだを離して言う。

「彩雲にはちゃんと新しく買ってあげるよ、だからこれはお父ちゃんにくれないかな」

「だめえ」

少女は父親から離れると、饅頭を持って部屋の隅に逃げた。

「麻於はほんとにお姉ちゃんが好きねえ」

母親は笑いながら少女を手招く。少女はすぐに母親に駆け寄り、その膝にからだを投げ出した。

「彩雲を引き取ってもう八年か……」

父親は外套を脱ぐと、それを椅子の背にかけた。

「いまだにおじさん、おばさんって呼ぶけど……彩雲はもううちの娘ですよ」

「そうだな、うちから嫁に出してやりたいな」

「もちろんですよ。だから今から花帽子の準備をしてるんじゃないですか」

母親は手元の赤い布を見せた。そこには丁寧な花刺繡が施されている。

「おいおい、早すぎないか？」

父親は呆れたように言う。

「あの子ももう十五ですもの、いつ嫁にいったっておかしくないわ。それに……」

母親はすいすいと糸をすくう。

「あの子は早く嫁いで蘇栄の名を捨てたほうがいいんですよ。あの家は不幸だから」

「不幸って……？」

父親がその答えを知ることはできなかった。いきなり扉から入ってきた覆面の男たちが、手にした棍棒で頭を殴りつけたから。

「きゃあっ！」

母親は手にした布を放り出し、幼い少女を抱き寄せる。別の男がその背中を包丁で切りつけた。

「お父ちゃん！　お母ちゃん！」

少女が泣き出す。悪漢の刃は幼い少女にも向かった。

「やめて！」

甜花は叫んだ。少女を助けようと腕を伸ばすが、重い油の膜をかいているように手が動かない。

「娘は……娘は助けて……」

口から血を吐きながら母親が懇願する。しかし、覆面の男は悲鳴をあげる少女を摘まみ上げ、その胸に包丁を――。

「やめてー!!」


「おや、彩雲はどこへいったんだい?」

のんびりした声に、甜花は閉じていた目を開いた。また光景が変わっている。こんどは山の中のようだ。甜花は先ほどと同じように宙に浮いて、人々を見下ろしている。

山菜摘みにでも来たのだろうか? カゴを持った老女と若い女が濃い緑の中に立っていた。

「あら、さっきまでこの辺りにいたんですけどね」

辺りを見回す若い女は彩雲によく似ていた。これが実の母親か。

「あの子、おばあちゃんのために関節の痛みに効くイタドリを探すってはりきってたのよ」

「優しい子だねえ」

老女は微笑んで両手を合わせる。

「あの子はいつだって人のことばかり考えているよ」

そこにそばかすだらけの少年が駆け寄ってきた。

「おばちゃん、このキノコ、食べられる？」

両手の大きなキノコをみせびらかすが、母親は首を振った。

「あら、集千。これはだめよ、毒があるわ」

「なんだぁ、せっかく見つけたのに」

少年はぽいぽいと両手のキノコを捨てた。

「ねえ集千、彩雲を見なかった？」

「さっき向こうのほうに行ったよ」

少年は背後の山を指さして言う。

「もう、あの子ったら。山で迷子になると危ないのに」

「大丈夫だよ、おいらの父ちゃんが一緒だから」

「そう？　だったらいいんだけど」

そのとき、少年の後ろで草むらががさがさと揺れた。

「あ、ほら、父ちゃんと彩雲が戻ってきたよ」

少年は笑みを浮かべて振り返った。その笑顔が次の瞬間、抉られて弾け飛ぶ。

茂みの中に前脚を血で真っ赤に染めた巨大な熊が立っていた。

老婆の手からカゴが落ち、山菜が散らばる。母親はへたへたとしゃがみこんでしまった。

「立って……」

老婆がしゃがれた声で囁いた。

「なにしてんの……立つの……」

老婆のからだはまるで紙の人形のように吹き飛ぶ。母親の上に熊の黒い影が落ちた。

「彩雲……」

母親はひきつった笑みを浮かべて呟いた。

「来ちゃだめよ……彩雲……」

甜花はなにもできずに母親が熊に引き裂かれるのを上空から見つめていた。


甜花はそのあともさまざまな死を見た。

そこでは常に三人の人間の命が奪われていた。

どこかの湖で三人の男たちが溺れ死ぬのを、山崩れで押しつぶされた家から三人の遺体が運び出されるのを、家に入り込んだ狼に二人の子供と母親が喰い殺され、父親が呆然と血まみれの家に座り込んでいるのを。


「それはおまえ、呪いだよ」

狭くて暗い天幕の中で老婆が呟く。あぐらをかく彼女の前には香炉が置かれ、薄青い煙が立ち上っている。甜花は老婆の背後に立っていた。

老婆の前にはかなり昔風の衣装を身につけた男が座っていた。堂々とした体軀に思慮深そうなまなざし。しかしその頰はひどくやつれ、彼が不幸に追い詰められていることがわかる。

「呪い？　俺の母が殺されたのも、娘が死んだのも呪いだというのか？」

男は香炉の上に身を乗り出して言った。

「そうだよ、古い古い呪いだね……あたしの精霊がそう告げている」

老婆の膝の前には砂がまかれ、彼女は箸でその砂をぐるぐるとかき回していた。

「俺は人に呪われる覚えなんかない！　今までまっとうに生きてきたんだぞ！」

「おまえが呪われたんじゃない。おまえの血が呪われたんだ。おまえの蘇栄という血統、家を呪った誰かがいたんだ」

老婆はかき回していた箸を止め、砂を何粒かすくって香炉に放り込んだ。香炉の煙はゆらゆらと揺れて、一瞬、空中になにかの模様を描く。

「俺の血だと？」

男は手の中に走る自分の血を視ようとするかのように、両手を広げた。

「おそらくおまえの遠い先祖が……なにか罪深いことをしてしまったのだろう。この呪いは続くよ……おまえの子供、孫、そのまた孫……おまえの血筋が絶えるまで、呪いは追いかけてくるだろう」

次に見た映像はかなり不鮮明だった。まるで分厚い氷を通して見ているような。

「だからおとなしく娘を差し出せばよかったんだ」

くぐもった声。どさりと投げ出される、おそらく三人分の肉体。

「そんな……ああっ、美明《ミメイ》！　恵蘭《ケイラン》！　おまえ……」

悲痛な呻き声が聞こえた。

床に倒れて血を流しているのは二人の娘とその母親だ。男が一人、そのみっつの死体にとりすがって泣いている。死体を放り出したのは、鎧を着こんだ兵士のようだ。

金色の兜に金色の胸当て。歴史の書物で見たことがある。二百年も前の戦のときの兵士の姿だ。

「これに懲りたら蘇栄家に逆らうな」

兵士は刀についた血を布で拭き取り、鞘に収めた。三人の女のからだに取りすがっていた男は、彼女たちの血に塗れた顔で兵士を睨みつける。

「許さないぞ、蘇栄！　未来永劫呪ってやる！　祟ってやるからな！」

兵士は嗤いながら家から出ていく。その後ろ姿に男は血の涙を流しながら呻いた。

「蘇栄の血を根絶やしにしてやる。妻と二人の娘の命を贖わせる……必ず三人を殺してやるからな……」

（そうして呪いが始まった）

甜花は暗闇の中に一人、しゃがみこんでいた。真上から彩雲に憑いていた鬼霊の一人が覗き込んでいる。

（自分の命と引き換えに男は呪いを完成させた）

（おまえが見たあの醜い化物がそうだ）

別の鬼霊が甜花の目の前を通り過ぎる。

「あの化物……牛鬼が呪いの姿……だって言うの？」

甜花は震える声で呟いた。

（彩雲は蘇栄の末裔……最後の一人）

髪を振り乱した鬼霊が甜花の周りを踊るように回る。

（この子だけは守らねば……）

（蘇栄の血にかけてもこの子だけは）

甜花は顔を覆っていた手をわずかにずらして、自分の周りを漂っている鬼霊たちを視た。

「だから彩雲はなんとか守られているのね。でも彩雲の代わりに身近にいた人が犠牲になっている……彩雲はそんなこと望んでいないわ」

（蘇栄の血を守るのだ……）

　うわっと白い老人の顔が甜花の目前に迫る。甜花は両手を突き出して、その顔を払いのけた。

「やめて！　なんでわたしに見せるの！　わたしはなにもできない、あなたたちを視ることしかできないのよ！」

（彩雲を助けておくれ）

（この子に罪はない……）

　今度は彩雲の実の母親と育ての親が甜花の前にしゃがみこんで手を合わせる。甜花はそれを視るまいと顔をそむけた。

（お願いよ……後宮でわたしたちを視ることができるあなたに会ったのは運命だわ）

「無理よ、そりゃあわたしだって彩雲を助けたいけど」

（呪いを解いてくれ）

　天幕の中で老婆に占ってもらっていた男が甜花の前に立った。

　彼の言葉はかなり鮮明に聞こえる。その姿も、半分溶けているような鬼霊たちの中ではっきりとしていた。蘇栄の一族の中でも精神的に強い人間だったのかもしれない。

「どうやって？　わたしはただの下働きよ。巫師でも呪師でもないわ！　今まで読んできた本にだって、そんなこと書いてなかった！」

（知恵を借りるといい……）

「知恵？　誰に？」

男は顔を近づけて甜花の耳元で囁いた。

（おまえのそばにいる……強くて美しく恐ろしいあの……）


「……っ、甜花！」

揺さぶられて甜花は目を開けた。それで今まで自分が目を閉じていたことを知った。すぐ目の前に彩雲の顔がある。あわてて彼女の背後を視たが、鬼霊たちの姿は消えていた。

「どうしたの？　急に倒れてしまったのよ。わたしのせいかしら、大丈夫？」

彩雲は心配そうな顔をしていた。さっきまで死のうとするくらい苦しんでいたのに、倒れた自分を心配してくれたのか。

「彩雲は優しい人なのね」

「えっ？」

「妹さんも彩雲が大好きだった……あなたを引き取ったおじさんもおばさんも、自分の娘のように思っていた……おばあちゃんのために薬草をとりにいく……お母さんの自慢の娘だったんだね……」

甜花の脳裏に彩雲の母の優しい表情や、育ての親の慈愛に満ちたまなざし、そしてあどけない妹の笑顔が浮かぶ。

「甜花……どうして……」

「あなたを助けたいって、あなたに連なる人たちが言っている。いくらご先祖が酷いことをしたって言っても、あなたはなにも悪くない」

甜花は彩雲の頬に手を伸ばした。

「わたしにはなにもできないけど……あの方ならあなたを救ってくれるかもしれない」

五

甜花は扉にはめ込まれた玻璃《ガラス》を磨きながら、主人にいつ話を切り出そうかと計っていた。陽湖はいつものようにお気に入りの長椅子に横になって、紅天の美しい歌を聞いている。

昔、神様が天と地を作った
昔、神様が昼と夜を作った
昔、神様は飛ぶものと泳ぐものを作った
昔、神様は駆けるものと這うものを作った
神様は作ったものの残りかすで人を作った
人は空を飛べず、水に溺れ、足は遅く、夜に目は見えない
憐れに思った神様は人に自分の知恵を与えた
人は知恵を使って憎しみや恨みを育てあげた

それに怒った神様は愛を隠してしまった
だから人はずっと愛を探している……

曲は素朴だが歌詞は深い、と甜花は思う。紅天はこの歌を何度も歌うので、甜花も覚えてしまった。

今日は天気もよく、窓から入る日差しが部屋の中を心地よく暖めていた。銀流はその窓辺で編み物をして、白糸は化粧道具の手入れをしている。你亜は部屋の隅に毛皮を敷いて丸くなっていた。

歌が終わったので甜花は甘い飲み物を紅天に持っていった。紅天はありがとうと礼を言って床に座り、おいしそうに飲む。甜花は長椅子のひじ掛けに頭を乗せている陽湖に近づいた。

「あの、陽湖さま」

「――おお、なんだ？」

陽湖はうとうとしていたらしい。目を上げて初めて甜花に気づいた顔をした。

「お休みでしたか、申し訳ありません」

「いや、起きていた。眠っていない」

唇の端によだれがついているようだが、甜花は見ない振りをした。

「あの……ご相談があるのですが」

「相談だと？」

陽湖は跳ね起きて長椅子の横にいる甜花の両手を握った。

「おまえが私に相談だと？　なにか願い事か？　望みか？　図書宮に行きたいと言った以来だな。なんでも言ってみろ」

なんでこの人はこんなに嬉しそうなんだろう、確かになにか願ったことなどないが。

「お前の望みならなんでも叶えてやるぞ？　金が欲しいか？　それとも山海の珍味、美食か？　山を割るような力か？」

「いえ、あの」

陽湖の大げさな提案に甜花は困って曖昧な笑みを浮かべる。

「わたしの望みはわたしが叶えなければならないもので……」

書仕になる夢。それは陽湖でも叶えられないだろう。

「そ、そうか……なんだ、私は役に立たないか」

陽湖はがっかりと肩を落とす。この方の冗談についていくのもむずかしいな、と甜花は吐息をかみ殺す。

「あの、陽湖さまはこの間、苑恵后さまとのお話で、妖を信じているとおっしゃっていましたね」

「当たり前だろう。実際今も……」

ゴホン、と銀流が編んでいた毛糸で口元を隠して咳をした。そのとたん、陽湖は開いていた口を閉じた。

「……実際視たことがあると話しただろう？」

ゆっくりと言い直した陽湖の返事に銀流がうなずく。

「では、陽湖さまは呪いを信じてらっしゃいますか？」

甜花は握られた自分の手を見つめながら言った。

「呪い？」

「はい、誰かが誰かを強く呪って、相手を不幸に、あるいは死に至らしめることです」

甜花の説明に陽湖が苦笑する。手を離して甜花の頭をわしわしと撫でた。

「いや、呪いくらいは知っているぞ。そうそう、確か信王《シンオウ》の治世、呪いのせいで国が滅びたのだ」

「呪いで国が？」

そんな事実があっただろうか？　那ノ国のことなら成り立ちから現在まで書物で読んでいるはずだが。

「正確には呪いではなく謀《はかりごと》だ」

陽湖は白い頬にニヤリと笑みを浮かべた。

「信王の三人の息子のうち、長男と三男がなぞの死をとげた。その死が呪いのせいだと言い出した導師がいてな。そのものの言う通り、庭を掘ると王子たちの名前を記した木偶《でく》が出てきたのだ」

「木偶、ですか？」

「そうだ、人型に作った他愛のない人形だ」

陽湖は指先で簡単な図を空中に描く。

「そのあと都中の人間が、自分の敵を殺すために木偶を相手の屋敷に埋め始めた。信王は木偶を埋めたものも埋められたものも等しく捕らえて処刑した。平民も貴族も官僚もおかまいなしに。そうして国を動かすものがいなくなり、そこを砂漠を越えてきた騎馬民族、遼《リョウ》国に襲われ、滅ぼされたのだ」

陽湖はパンッと両手を合わせた。ひとつの国の歴史をその手の中でつぶすように。

「それ、知っています。凍壁《とうへき》の乱ですよね。でも先にそんな事情があったなんて……」

その侵略で那ノ国は二百年ほど遼国に支配された。再び那ノ国の民が立ち上がるまで。

「歴史書には砂漠の民が攻撃をかけた、くらいしか書いてないだろうな」

「そうですね」

歴史書には侵略のことはわずか一ページほどしか書かれていない。記載が少ないなとは思っていた。あまりにも愚かな原因のため、歴史者も記載をためらったのかもしれない。

「あの頃の都や城の中はまるで死者の住まいのようだったぞ。誰もが自分の家に木偶を放りこまれるんじゃないか、部屋の中に木偶が現れるのではないかと疑心暗鬼でな。窓も戸も閉ざして、声をあげることもなかった」

陽湖が楽しそうに言う。甜花はそんな陽湖を見上げて首を傾げた。

「……まるで、見ていらしたようですね」

「と、いう話を伝え聞いたのだ」

陽湖が急いで付け加える。

「最初の皇子の死は呪いだったんですか？」

「さあ、今となってはわからぬ。その導師は砂漠の向こうの人間だったかもしれないしな。だが、おまえの言う呪いは真に人の念が人を殺すたぐいの呪いだろう？」

至近距離で目を覗き込まれ、甜花は思わずのけぞった。

「はい、そうなんです」

「呪い自体はあると思う。呪いはかけるほうが不幸であればあるだけ強くなる」

「呪いを解く方法はあるんでしょうか？」

勢い込んで聞いたが、陽湖は軽く肩をすくめただけだ。

「成就すれば消えてしまうだろう」

「成就させたくないんです！」

かぶせるように言った甜花の言葉に、陽湖は目を大きく見開き、首を振った。

「むりやり呪いをはがすのは勧められないな。下手をすれば呪いを受けているほうが危険だ」

「そんな……」

陽湖なら呪いを解く方法も知っているような気がしていたが、思ったような答えを得られず甜花はがっくりと肩を落とした。そんな甜花に陽湖がきれいな眉をひそめる。

「まさか、甜々。おまえに呪いがついているのではあるまいな」

「わ、わたしじゃありません、友人なんです」

甜花はあわてて両手を振った。それに陽湖は目を細めて疑わしそうに呟く。

「呪いにかかっていると？」

「はい……」

「本人がそう言ったのか」

「それは――」

実際には本人に憑いている鬼霊たちだ。だがそれを話せば自分が鬼霊を視ることができると告白することになる。

今までそんな話をして好意的に迎えられたことはない。誰でも気味悪がる。

(陽湖さまもそれを知ったらわたしのことを気味が悪いと思うに違いない)

嫌われたくない。

「そうです、……本人が、そう言うんです」

嘘はつきたくなかったが、嫌われたくない一心でそう答えた。

「それが真実かどうかどうしてわかるのじゃ」

不意に低い声が割って入った。

「銀流さん……」

銀流は膝に編みかけの毛糸を置き、背をまっすぐ伸ばして甜花を見つめてきた。

「人は自分の不幸を他者のせいにしたがるものじゃ。その娘もつらい目に遭っていたのであろう。それを呪いだと思っているだけでは？」

「そ、そうじゃありません。本当に呪いなんです」

「証明できるのか？」

銀流の声はあくまでも冷たい。まるで氷の谷を流れる刃のようだ。

「彼女は今までに親を二度も失くしているんです、実の親と育ての親」

「大勢の人間の中にはそういう不運なものもおろうが」

「昨日だって、彼女の寝所が崩れました。彼女の寝台に寝ていたものが代わりに死んだんです」

「偶然じゃ」

だめだ、信じてもらえない。だけど、

「ほんとなんです！　わたし、視たんですから！」

「……見た？」

冷ややかな銀流の視線に甜花は「あっ」と口を押さえた。

「なにを見たというのじゃ」

「……」

だめだ、もう。これで陽湖さまの第九座の下働きはお払い箱だ。

甜花は心の底から悲しくなった。図書宮に入るために座付きの下働きは辞めたいと思っていたのだから願ったり叶ったりなのに。

いつの間にか陽湖のもとにいるのが楽しくなってしまっていたのだ。

「甜々」

指先を陽湖に握られた。熱くてなめらかな手だった。

「正直に言ってごらん。どんなことでもおまえが言うことなら私は耳を貸そう」

「陽湖さま……」

甜花は陽湖の指を握り返した。

今まで何度か鬼霊がいると言ったことがある。そのたびに周りの人たちの自分を見る目が変わった。あるものは恐れ、あるものは気味悪がり、嘲り、怒った。もし陽湖が今までの人たちのような視線で自分を見たら——。

「わ、わたし……鬼霊が視えるんです」

それでも甜花は真実を話した。陽湖の体温に触れ、真実を伝えたくなっていた。

「うん?」

「鬼霊や……妖、呪いの姿を視たのは昨夜が初めてだったけど」

「うん」

甜花はぎゅっと目を閉じていた。陽湖の目を見るのが怖かったからだ。

「それで?」

陽湖の穏やかな声がした。甜花は閉じていた目を開け、目の前の美貌を見た。

「は……？」

「おまえは鬼霊が視える。それで、どんなものを視たのだ？」

「え、あの」

甜花はごくりと息を呑んだ。

「わ、わたし、鬼霊が視えるんですよ？」

「ああ」

「気味が悪く……ありませんか？」

陽湖は銀流と顔を見合わせた。

「別に？　花や虫を見るのと同じように鬼霊を視るのだろう？　なにか問題があるか？」

「で、でも」

「第一ぃ……甜々が鬼霊を視てるのなんてぇ、みんな知ってたにゃあ……」

眠そうな声がした。你亜が毛皮の上で首だけこちらに向けている。

「ええっ！　そうなんですか！」

「だって甜々ってばときどき誰もいないところに話しかけているじゃないか」

紅天もおかしそうに言う。

「なにもないほうをすごい顔をして睨んでいることもありましたわよ」

白糸が爪やすりを手入れしながら声を放る。

「そ、そんな」

甜花は赤くなっていいのか青くなっていいのかわからず顔を押さえた。鬼霊を視ているときは周囲にも気を配っていたはずなのだが、そんなにバレていたのだろうか。

「甜々。鬼霊を視ることができるのはおまえの能力だ。それは天から与えられた才能でもある。恥じることはない、むしろ誇れ」

「――――!」

それは以前、祖父にも言われた言葉だった。鬼霊を視たことを周りの大人に言ったら、まるで化物を見るような目で見られた。泣きながら家に戻ったとき、祖父が抱きしめてそう言ってくれたのだ。

「甜々、おまえのその力は天からの授かりものだ。人の見えないものを視て、人に聞こえないものを聞く。誰にでもできることではない。おまえはきっとその力で誰かを幸せにできるよ」

陽湖にありし日の祖父の姿が重なる。

それでも現実ではその力を隠して生きていかなければならなかった。次第にそれは甜花の中でうとましいものになっていった。けれど――――。

甜花の目から涙が零れる。それを見て陽湖はぎょっとしたように甜花からからだを離した。

「な、なんだ?　なにを泣く。私がなにかしたか?　どこか痛いのか?」

「いいえ、いいえ」

甜花は両手で目を擦った。

「嬉しいんです」

「馬鹿を言え。人が泣くときは苦しいか痛いか悲しいときだけだろう」

「嬉しくても涙が出ることがあるんです」

陽湖はそれを聞いてぐるりと自分の使用人を見回したが、全員が首を横に振った。

「……人とは複雑なものだな」

陽湖はおそるおそるというふうに手を伸ばして甜花の頭を撫でた。

「祖父が亡くなってからそんなことを言ってくれる人はいなかったから……ありがとうございます、陽湖さま」

「うん」

陽湖はしばらく甜花の頭を撫で続けた。

「――それで」

銀流のわざとらしい咳払いに甜花は我に返った。

「それでおまえは鬼霊に呪いの話を聞いたということかえ？」

「あ、はい」

甜花は第九座の全員に今までの話をした。友達の明鈴のこと、彩雲のこと、彩雲に憑いている彼女の祖先たち、そして呪いのことを。

「呪いの姿も視たって言いましたわね」

白糸がちらかしていた化粧道具を片づけながら言った。

「どんな姿でしたの？」

「あの、角のある豚みたいな……蜘蛛みたいにたくさんの脚があって。確か書物では牛鬼という名前で記されていました」

「牛鬼ですってよ、你亜」

白糸が振り向くと、你亜は敷物の上で両手を前に突き出し、腰を高く上げて伸びをしていた。

「ええー？　それはありえないにゃあ」

你亜は大きく口をあけてあくびをした。眠そうに片手で目を擦ると、ぺろりと舌を出して口の周りをなめる。

「な、なぜですか？」

甜花は多少むっとして你亜を見た。自分の記憶を否定された気がしたからだ。

「牛鬼というのはかなりたちの悪い妖にゃのよぉ」

你亜は両手を首の後ろに回してくねくねと身をよじった。

「山奥や川の底にいるんだけど、人はそいつを見ただけで死ぬのにゃ」

「え……っ」

それは本には書いていなかった。

「もし牛鬼というのならぁ、たぶん呪いをかけた人間は牛鬼に自分を喰わせて……念の支配下に置いたのにゃあ。相当な執念だにゃあ」

　你亜が妖についての知識があるとは驚いた。いつも寝ているだけのようだが、人は見かけによらぬものだ。

「人ってからだは弱くてすぐ死ぬのに、心はびっくりするほど強いんだよね」

　紅天が感心した口調で言う。

「牛鬼は目的を果たすまで解放されないにゃ。それで自然災害や人を操って呪いを執行していたんだにゃあ」

「わ、わたし、その姿を視ました。わたしは死ぬんでしょうか？」

　甜花は自分の両腕を抱えた。あの月を透かして視えた恐ろしい怪物の姿。ぞっとからだ中がすくんで腹の底が冷たくなった気がした。

「そういえばそうにゃ。そいつはどこか普通でないところはなかったぁ？」

　普通でないと言われても、存在自体が普通でないものの異常などわかるわけが……。

　そう考えて甜花は思い出した。

「あれは、目がつぶれていたようです。目から血を流していました」

「ああ、だったら大丈夫にゃあ」

　你亜が両目を大きく開けてみせた。

「人がその姿を視るだけでなく、牛鬼もまた人を見ないと効果がないにゃ。どちらかひとつでも欠けるとそう簡単には死なないにゃあ」

そんなことは祖父も知らなかったし、本にも書いてなかった。你亜はいったいどこでこういうことを学んだのだろう？

「呪いを解く方法はあるのでしょうか？」

甜花のその問いに、第九座の全員が黙り込む。

「……さっきも言ったがむずかしい。力のない術者や他の妖なら力ずくでどうにかできるが、牛鬼はかなり強いもののようだ」

厳しい顔で陽湖は首を振った。

「そんな……じゃあ彩雲は……」

「だが、」

美しい女主人は、しかし、すぐにその顔の上に人の悪い笑みを浮かべた。

「呪いを解く方法がひとつだけあるよ」

六

その夜遅く、甜花は彩雲を寝所から連れ出した。あの事件の夜以来、彩雲はひどい風邪を引いて熱を出して寝ついていた。甜花は彩雲に厚手の上着をたっぷりと着せて、手を引いた。

「どこへ行くの？　甜花……」

　彩雲はやつれた頬で言った。誰もいない回廊には甜花と彩雲の布靴のひたひたと静かな音しかしない。吊り灯籠も今は消され、真っ暗闇だ。

「あなたの呪いを退治するのよ」

「呪い……？」

　熱で熱い彩雲の口から息が夜の中に白く立ち上る。まるで生気が漏れるように。

「あなたのお母さんが死んだのも、育ての家族が亡くなったのも、昔かけられた呪いのせいなの。それはどこへ逃げてもずっと続くわ」

「呪い……そう、そうなの……だったら仕方ないわね……」

　熱で朦朧としている彩雲は、甜花がなぜそんなことを知っているのかと考える余裕もなさそうだった。

「仕方なくないわよ！　呪いを止めなきゃ。あなたの子供やその子孫だって狙われるのよ」

「今いるわけでもない子供や子孫のことなんか考えられないわ。呪い……わたしの先祖はどんなひどいことをしたの？」

　彩雲の頭上の鬼霊たちが身をよじって涙を流す。みんな残虐な祖先の犠牲になった人々だ。

「あなたの知らない人がしたことよ！　あなたにはなんの罪もない、あなたのお母さんたちだって」

「お母さん……」

彩雲のからだを二人の母親が包む。悲しげな顔で、心配そうな顔で。

「あなたのお母さんに頼まれたの、あなたを守ってって。だから、」

甜花はずるずるとしゃがみこむ彩雲を抱き起こした。

「だからしっかり立って。一緒に呪いを解きましょう」


甜花が彩雲を連れてきたのは第九座の館だった。扉を開くと窓を背に第九の佳人が立っている。部屋の中は明かりもなく真っ暗だったが、月の光がそのたおやかな曲線を照らし出していた。

「陽湖夫人《おくさま》……」

熱はあってもさすがに身分の高い人の前に出たことはわかったのか、彩雲はよろけるように膝をついた。

「わ、わたしのようなものにどんなご用でしょうか……」

「そなたが彩雲だな？　彩雲蘇栄」

陽湖の声は暗い部屋の中で反響してあちこちから降ってくる。

「それは元の名前です……。今は引き取られた先の長佐を名乗っております」

「いや、おまえは蘇栄だ。蘇栄の末裔、最後の一人。呪われた一族の末」

陽湖の言葉に彩雲の上に連なる鬼霊たちが身をよじって嘆いた。

最後の一人……この子が死ねば蘇栄は絶える……。

「おまえには強大な呪いが憑いている。蘇栄のものを必ず滅ぼすという呪いが。そのさい、三人の命が奪われる。蘇栄のものがいなければ、そのとき近くにいたものを巻き添えにして」

「あ、あ……っ」

彩雲は顔を覆って床に伏せた。

「三人……三人……っ！　そうです、確かに三人です。お母さん、おばあちゃん、集千……おばさん、おじさん……小さな麻於……」

「それに手習い処の三人と後宮の三人」

彩雲は激しく泣き出した。

「おまえがいるだけで関係のないものの命が奪われる。こんな呪いを野放しにしておくことはできない」

甜花はそばに膝をついて、彩雲の背に手を置いた。

「大丈夫よ、彩雲。陽湖さまが呪いを解いてくださるわ」

「……ほんと？」

「本当よ、陽湖さまにならできるわ！」

甜花は期待を込めた目で主人を見上げた。彩雲はそんな甜花の横顔を見つめ、同じ視線を陽湖に向ける。

「呪いを解きたいか？　彩雲蘇栄」

「はい……はい……っ！」

おうおうと彩雲の頭上の鬼霊たちが吼える。ぐるぐると渦を巻き、歓喜に震える。彼らもまた待っていたのだ、呪いが解ける日を。

「銀流」

陽湖が呼ぶと、暗がりから侍女の銀流が足音もなく進み出た。その手にほっそりとした玻璃《ガラス》の器を持っている。

「これを飲むのじゃ」

銀流がグラスを彩雲に渡した。月の光にそれは七色に輝く。いや、輝いているのはその中の液体だ。

「私を信じて飲むのだ、彩雲」

陽湖の声が響く。彩雲は震える唇でグラスに触れた。あごが上を向き、グラスの中身が彩雲の口の中に注がれる。

ゴクリ、とのどが動いた。

「よろしい」

陽湖は一歩進み出た。その右手にいつの間にか細い刃の剣が握られていることに甜花は気づいた。鞘に入っていない、抜き身の剣だ。

「陽湖さま……？」

「彩雲を立たせよ、甜々」

月の逆光で陽湖の顔は見えない。甜花はぎくしゃくとした動きで彩雲の腕を取って立たせた。

「彩雲蘇栄。蘇栄一族よ。長い長い時の間、呪いとともに生きてきた民よ。今、おまえたちにかけられた呪いは消える」

陽湖は右手を上げた。剣の刃が月の光を弾いて円を描く。その硬く細い鋭利な刃は、さくりと――ためらいなく彩雲の胸に吸い込まれた。

「えっ！」

甜花は自分の見たものが信じられなかった。陽湖の剣が彩雲を貫いた？

同時に彩雲の胸から血がほとばしる。彩雲も同じように驚愕の目でその血を見た。

「呪いを止めるにはこれしか方法がない。呪いを成就させることだ。おまえは蘇栄の最後の一人。これで呪いはおしまいだ」

彩雲の顔からみるみる血の気が引き、その肢体が固くなり、吐き出されていた白い息が消えた。

彩雲は棒のように硬直して床にばったりと倒れてしまった。

彩雲に憑いていた鬼霊たちが恐怖と怒りの表情で彩雲から離れ、部屋いっぱいに広がった。のたうって暴れ回り、卓や椅子がガタガタと鳴った。窓枠も揺れ、ガラスが外に向かって弾け飛ぶ。壁や床の絨毯が爪でひっかいたように引き裂かれた。

「陽湖さま、なぜ……！　彩雲を助けてくれるのではなかったのですか……っ!?」

甜花は彩雲を抱きかかえ、泣き叫んだ。

「ひどい、ひどい！　こんなの……っ、こんなのってない！」

「うるさい。銀流、甜々を連れていけ」

「はい」

銀流と紅天が甜花の背後からからだを抱え、彩雲から引き剝がした。支えを失った彩雲は、胸を真っ赤に染めて床に転がる。

「彩雲！」

甜花は名を呼びながら、泣きながら、身悶えしながら、侍女と召使に引きずられていった。

鬼霊が暴れ回る部屋の中、陽湖は一人、彩雲の死体のそばに立っていた。

「散れ、力のない鬼霊たち。おまえたちがそこにいても彩雲は救われない、出て行け！」

陽湖が叫ぶと鬼霊たちは吹き飛ばされたように姿を消した。

「――さあ」

陽湖は血に濡れた剣を掲げた。

「蘇栄の最後の一人が死んだ。おまえの望みは叶った。おまえはもう自由だ」

月の光を浴びて角のある怪物が部屋の中に姿を現す。それは顔を月に向け、嬉しげに声もなく咆哮をあげた。

怪物はそのまま窓を通り抜け、空へと駆け上がる。陽湖はその姿を見送った。

「おまえも長い間呪いの軛《くびき》につながれご苦労だったな……人の憎しみとは恐ろしいものだ」

呟いて振り返ると部屋の中央に男の姿があった。痩せた老人だ。その顔をよく見ると血塗れだった。血は男の両目から溢れている。

「なるほど……牛鬼を見て死なないように両目を自分で抉ったか。そして生きたまま喰われた。喰われて息絶えるまで蘇栄の家を呪い続けた」

男はぶつぶつとなにか呟いている。呪詛かそれとも恨みか。

「おまえの呪いは成就した。蘇栄の最後の一人は死に、血は絶えた。役目を終えた牛鬼も解放された。おまえも憎しみから解放されるといい」

(だめだ……)

男が目のない顔を陽湖に向ける。

(あと二人……三人の命が我が望み。あと二人……娘たちの分だ。美明、恵蘭……)

「あと二人か。それならばそこにいるぞ」

(どこだ……)

陽湖はゆっくりと老人の背後を指さした。

「おまえのすぐそばだ。おまえの娘たちじゃないか。おまえは娘たちの花嫁姿を見たかったのだろう？　ほら、花帽子をかぶっておまえを待っているぞ」

老人は顔を上げ、見えない目で辺りを見回した。

（どこだ……どこにいる……）

「そうか、おまえは目がなかったな。それでは私の目を貸そう」

陽湖は手を上げて自分の目に触れた。細い指先があっさりと眼窩に食い込み、湖水色の眼球を抉り出す。

「さあ、見てみろ。おまえの愛しい娘たちを」

老人の目に自分の目を押し込む。老人はその目を大きく見開いた。

（ああ……っ！）

老人の顔が歪んだ。目からどっと涙が溢れる。

彼の前には、赤い花帽子をかぶり、はにかんだ笑みを浮かべるかわいい娘たちがいたのだ。

（おまえたち……おまえたち……美明、恵蘭……）

（おとうさん）

（おとうさん）

娘たちは父親に手を伸ばした。老人は泣きながら両手を上げる。

（ああ、なんて美しいんだ、父は、父はおまえたちのその姿が見たかった……ずっとおまえたちの幸せだけを願っていた……）

（一緒に逝きましょう、おとうさん）

（おかあさんも待ってるわ）

二人の娘の手をとり、父親は泣きながら笑った。

（逝くよ……逝くとも……蘇栄も死んだ……私は満足だ……）

老人の姿がさらさらと砂が崩れるように消えてゆく。やがてすっかり見えなくなり、床の上に二輪の曼珠沙華がふわりと落ちた。その横には陽湖の目玉が転がっている。

陽湖は床に手を伸ばし、目玉と花を拾い上げた。目玉をあいている眼窩にはめる。元の場所に収まったとき、目からすうっと涙が流れた。

「なるほど、これが嬉し涙か」

赤い花びらにぽつりと涙が落ちて散ってゆく。花はうなずいたように嬉しげに揺れた。

「温かいものだな……」

終

「……彩雲、大丈夫？」

ぼんやりと目を開けた彩雲は、すぐそばで見つめている甜花と明鈴を交互に見た。

「わたし……？　どうしたの……」

「ずっと高熱で目を覚まさなかったのよ」

明鈴が泣きそうな顔で答えた。

「このまま死んじゃうのかと思ったわ」

「死んじゃう……？」

彩雲は呟いて一度目を閉じた。

「おかしな夢を見たわ……わたし、剣で殺されるの。それで死んじゃったと思ったわ」

「夢よ」

すぐに甜花は言った。

「それは夢よ、彩雲」

「夢の中に甜花も出てきたわ」

彩雲は目を開けると甜花を見つめた。

「あなたがなにか一生懸命言っているの。わたしを励ましてくれていたんだと思うけど……」

「いつだって励ますわよ、ねえ？」

甜花は明鈴に言った。明鈴もうなずいて、

「もちろんよ、友達じゃない！　わたしとあなたと甜々」

明鈴と甜花は彩雲の手を握った。彩雲の目から涙がこぼれる。

「ありがとう……二人とも」

彩雲を明鈴に任せて甜花は外に出た。彩雲が目覚めてほっとしている。あのとき、本当に陽湖が彩雲を殺してしまったのだと思った。

「言っただろう、呪いを解くには成就させるしかないと。彩雲が自分は死んだと思わないとこの仕掛けはうまくいかないのだ」

あとから陽湖に種明かしをされ、甜花はむくれた。

「なら最初から言っておいてください。わたし、心の臓が口から飛び出るかと思いました！」

「本人だけでなく第三者にもそう思わせたほうが信憑性が増すだろう？」

笑いながら答える陽湖に甜花はじたばたと足を踏みならす。

「だからって……」

「銀流が用意した擬死薬。押すと先が引っ込み血が噴き出す芝居用の剣。揃えるにも手間がかかった」

「擬死薬なんてあるんですね」

「士暮の孫でも知らなかったか。タマムシの仲間には攻撃を受けたり驚いたりすると死ぬ振りをするものがいる。その抽出物を使ったものだ」

剣で刺された驚きで薬がその効力を発揮し、彩雲は仮死状態になった。つまり、一度命が止まったので、呪いはその時点で成就となったらしい。

「陽湖さまってなんてすごいの」

甜花は冷たい夜気の中で呟いた。人を仮死状態にして死んだと思わせ呪いを解いてしまうなんて。その知恵、その勇気。いったいどうしたらそんなことができるようになるのかしら。

甜花は回廊を弾む足取りで進んだ。


しばらくして彩雲が回復し、働けるようになった頃、再び皇帝のお渡りがあった。驚いたことに、皇帝が下働きたちをねぎらうという。

褒賞宴を執り行った広場に下働きたちが集められた。緊張してしゃがみこんでいる女たちの中に皇帝が現れた。白く長い胴着を引いて一段高い段の上に上がる。そのすらりとした姿を甜花はどきどきしながら見つめた。

「みな、後宮のために尽くしてくれて感謝している。これからも励めよ」

短い言葉。しかしそのあと皇帝は広場を埋め尽くす下働きたちを何度も眺め渡した。

甜花は皇帝の視線を追いながら思う。

陛下は先日ご覧になった彩雲の鬼霊をお探しになっているんじゃないかしら、と。

彩雲に憑いていた鬼霊たちは、あの夜以来姿が見えない。彩雲が死んだと思って取り憑いていられなくなったのか、それとも呪いが消えて安堵したのか。

今の彩雲はからだも頭もすっかり軽くなったように明るい。顔も晴れ晴れとして気力に溢れている。

もう、鬼霊はいませんよ、陛下。

甜花は胸の中でそう呟いた。と、そのとき、ぱちん、と音がするように皇帝と目が合った。

……気のせいかもしれない。

皇帝は涼やかな目でもう一度後宮の女たちを見回すと、静かに退出していった。

後宮の女たちは「陛下、お優しい」「すてき」とさざめいている。

(陛下は本当にわたしの王子さまなんですか？　あのとき泣いていたおにいちゃんなんですか？)

駆け寄って聞いてみたい。

ずっとずっと……憧れていた人なのだろうか？　わたしを妻にと約束してくれた人なのだろうか？

あのときからずっと、お慕いしてました、と言ったら笑われるだろうか？

答えは返らず、女たちが広場を去っても、甜花はじっとその場に立ち尽くしていた。

第三話　甜花、鬼霊を連れ帰るの巻

序

那ノ国の後宮には、月に一度、商人たちがやってくる。もちろん登録し、許可されたものたちで、全員女性だ。実家に仕送りをしているものや、退宮後のために金をためているもの以外は、使い途のない給金をここで使う。

商人の運び込むものは衣類、化粧道具、食べ物、日用品や小間物など多岐に亘る。中には注文に応じて持ち込まれることもある。

その日も商人たちは西の門から入り、そこから続く広場で店を広げた。後宮中の女性たちが集まり、月に一度の買い物を楽しむ。まるで祭りのようだった。

甜花も陽湖や銀流と一緒にその市に出向いた。他の佳人や后たちもお付きのものを連れて楽しんでいる。

ひときわ、女性たちが群がっている店があった。集まっている女性たちの中には第二佳人や第三后の姿も見える。

「あそこが賑わっているぞ。覗いてみよう」

陽湖が言うので甜花も後ろに付き従う。近づくと、異国情緒たっぷりの衣装や飾り物を敷き詰めた店だった。

「こちらは砂漠を越えた西の国、ラウラーン国からの品でございます」

陽灼けした肌をてからせたふくよかな女性が衣装を広げている。

「ご存じのように、ラウラーンは絹の国。しかも神蚕《しんこ》と呼ばれるラウシーが作り出す絹は、火にも燃えにくく、かびにくく、虫もつきにくい奇跡の絹。こちらにある織物はすべてそのラウシー絹でございます」

女商人はするすると手の上に透き通った薄布を滑らせた。

美しい色柄に感嘆の声が漏れ、女性たちの視線がその布に突き刺さる。

「しかも織りあげたのはラウラーン南省の高名な工房、オジマ。そこの門外不出の品々を今回特別に頼み込んで手に入れました」

「おまえが買い付けにいってるの？」

店の敷物の上に膝をついて布を見ていた第二佳人の豊春《ホウシュン》妃が聞く。

「はい、こちらにあるものはすべてわたくし自身で選んで買い付けたものです。ご覧ください、わたくしの肌。西の砂漠をひと月もかけて旅をしたためこんなに真っ黒に灼けてしまいました。それもこれもみなさまに最高の商品をお渡しするため」

女商人は自慢げに自分の腕を見せる。確かに彼女の両腕も、ゆったりした服から覗く豊かな胸もこんがりと灼けている。

「西の砂漠の旅はさぞつらいものだったでしょう。暑くて大変だったのでは？」

取り囲む人の間からも声がした。女商人はにっこりと愛想のいい笑みを浮かべる。

「はい、それはもう。朝や昼どころか、夜も乾いた熱風が吹き荒れて、眠ることもかなわず、こんなに痩せてしまいました」

ふくよかな女のその言葉に笑い声が起きる。女商人は次から次へと色鮮やかな布を広げてみせた。

「甜々、どうした？」

陽湖が甜花の顔を見て言う。

「ずいぶんむずかしい顔をしているじゃないか」

「陽湖さま。あの人、嘘をついていいます」

甜花は眉を寄せたまま答えた。

「嘘？　なにが嘘だ？」

「実は――」

甜花は爪先立って陽湖の耳元に口を寄せた。

「いかがですか、奇跡の絹、ラウシー絹。これを身にまとえば皇帝陛下の視線もきっと捉えられますすよ」

「一反もらうわ！」

「わたしも！」

取り囲んでいた女たちがいっせいに手を出そうとした、そのとき。

「嘘だな」

ぴしりと鋭い声がした。

「おまえは嘘をついている」

ざわりと人垣が揺れる。女たちの後ろから、陽湖が進み出た。緋色の長衣のすそをばさりと翻し、片膝を立てて女商人の前に座る。

「な、なんのことでございますか、夫人《おくさま》。いくらあなたさまでも言っていいことと悪いことが」

陽湖の装いに位のある人間だと判断したのか、女商人は愛想笑いを頬に張り付けた。

「聞いたところによると、西の砂漠は確かに暑い。熱風が吹いて砂が舞う。だから砂漠を旅する人間は、日差しから肌を守るため長い袖と、服の内側に砂が入らぬよう、襟のつまったものを着るそうだ。だからおまえのように手や胸が陽に灼けているはずがない」

陽湖は翡翠の瞳で女商人の腕や胸を見つめた。

「それに西の砂漠は確かに昼間は暑い。だが夜は逆に冷える。暑くて眠れないなんてことはないはずだぞ」

「そんな……そんなことは……でたらめです！」

「私の使用人は西の砂漠を旅したものの記録を読んでいるのだよ。それに」

陽湖は手を伸ばしてオジマ織だと言われた布を摑んだ。それをさっと広げ、端を持って布の表面を軽く擦る。

どうだ？　と目を上げて女商人を見た。

「音がしない。オジマ織は張りがあり軽く、シュシュッと耳に気持ちのいい音が出る。これはオジマ織じゃない」

　店の前にいた後宮の女性たちはざわめきながら一人二人と散っていった。やがて数人だけがその場に残り、女商人は呆然と陽湖を見つめた。

「こ、この……っ」

　陽に灼けた女商人は怒りと羞恥で顔を真っ赤に染めた。

「商売の邪魔をして……、許せない！　殺してやる！」

　摑みかかろうとした女商人を駆けつけてきた警吏の女たちが捕まえた。

「後宮で詐欺を働こうなど、そっちこそ許されないぞ」

「これまでも偽物を売りつけていたなら罪は重いぞ」

　女商人は警吏に引きずられ、中庭から連れ出された。その間中、陽湖や後宮に呪いの言葉を吐き続けた。

「許さない！　許さないよ！　呪われろ、おまえたち！　後宮なんかつぶれっちまえ！」

　その声が聞こえなくなると周りの商人たちはやれやれと首を振り、「うちのは正真正銘、本物ですよ」と盛大に呼び込みを始めた。

「陽湖さま」

　残っていた三后の迅花《ジンファ》后が手にしていた織物を店の敷物の上に戻した。迅花后は白鳥のようななよやかな白い首をして、美しい黒髪を長く背に流している。

「おかげさまで偽物を買わずにすみましたわ。ずいぶん博識でいらっしゃるのですね」

「なに、私の知識ではない。私の使用人がそう申していたのだ」

陽湖は甜花の肩を抱き、前のほうに押し出した。甜花は迅花后の前で顔を赤くしてぺこぺこと頭を下げる。

「まあ、かわいらしい上に、ずいぶん優秀な下働きだこと。陽湖さまはよい使用人をお持ちですわ」

「ああ、そうだ。自慢の使用人だ」

そんなふうに手放しで褒められ、ますます身の置き所がない。

警吏のものが商人の店を片づけ始めた。主のいない店の中、偽物の絹反物が、風に押されてするすると鮮やかな色を引くのを、甜花は物寂しい気持ちで見ていた。

一

そんな騒ぎのあった数日後、

「陽湖さま、東の然森《ゼンシン》庭園が今、紅葉の見頃ですよ」

甜花は主人である第九佳人、陽湖を誘った。

陽湖の住む第九座の住人たちは、みんな外へ出ることを嫌って、ひがな一日館の中でごろごろとくつろいでいる。

歌を歌ったり舞を踊ったり絵札を使った手遊びに興じたり、ときどきは他の座や宮の茶会に呼ばれることもあるが、基本、引きこもりだ。先日、西の広場へ買い物に出たのは奇跡に近い。

「この間、図書宮へ行く途中で見たんです。舞い散る紅葉や桂の葉が美しいですよ、おいしいお茶やお菓子を持ってお出ましになっては？」

「お茶に菓子か。それは楽しいかもしれないな」

陽湖は甜花の提案に乗り、みんなで紅葉狩りに出かけることになった。

後宮には庭園がいくつも作られている。特別な場合を除いて外出を許されない夫人たちへの慰めのためだろうか。

夫人たちの館がそれぞれ持つ小さな内庭、各門から続く、催事なども行われる広場を縁取る庭園、温室を有するさまざまな花を栽培する花庭園、そして後宮の房から離れた場所にあるふたつの大庭園。

このふたつの庭園は然森庭園、奇岩庭園と呼ばれている。

然森庭園は自然の森を模して作られており、一歩踏み込めばまるで雑木林の中を散策しているような気分が楽しめる。

奇岩庭園は外部から引き込まれた川が流れ、さまざまな奇岩、名石が配置され、滝なども作られている。この川の水がそのまま洗濯房へ引かれて再び外へ流れ出ている。

然森庭園は甜花が言ったように紅葉のまっさかりで、地面も落ち葉で色鮮やかな絨毯を敷きつめたようだった。

木の実を集めるリスや鳥、草を食むうさぎや鹿、それを追うテンや狐も飼われている。春は満開の花、夏は木陰を渡る風、秋は紅葉、冬は雪木立と四季を通じて美しい姿を見せてくれる。

よく晴れた日には各館の夫人たちが散策を楽しみ、仕事の合間に一息つきたい召使や下働きたちも景色を眺めにくる場所だった。

「おお、なかなかのものではないか」

赤い紅葉、黄色い銀杏の葉が舞い散る中、陽湖と使用人たちは然森庭園に足を踏み入れた。

「ほんと、すてき！　故郷の天涯山を思い出すよ」

紅天は両手を広げ、喜びの即興歌を歌い出す。銀流や白糸も嬉しそうだったし、いつも寝てばかりの你亜でさえ、木立の間をかけ回ってうさぎを追いかけている。

「陽湖さまの故郷のお山もこんなふうなんですか？」

甜花は手のひらに落ちてきた紅葉を載せて、聞いてみた。

「うむ、木々はもっとうっそうとして深いがな。今頃は天涯山も真っ赤に染まっていることだろう」

陽湖は懐かしそうなまなざしで森の奥を見つめる。

「陽湖さま、狐がおりますわよ」

白糸が弾んだ声をあげた。陽湖がそのほうを見ると、二匹の大きさの違う狐が木陰から覗いている。親子だろうか？

陽湖は微笑み、「おいで」と手を伸ばした。すると狐の親子はとっとと駆けてきて陽湖の手の前で、まるで挨拶をするように頭を下げた。

「陽湖さま、素手で狐に触れてはいけません。病気を持っていることがあります」

甜花があわてて言ったが、陽湖はそのまま手で狐の頭を撫でた。

「大丈夫だ。私は山でも狐たちとはしょっちゅう触れ合っていた。病気に罹ったことなぞない」

大きな狐は陽湖に撫でられるまま目を閉じて気持ちよさそうな顔をし、小さな狐は陽湖の足下に尻尾をすりつけながら回った。陽湖が首の下を撫でると、「キャキャキャキャ」と笑うような声をあげる。

「さあ、もうお行き」

陽湖が軽く狐の背を押すと、二匹の狐はさっと尻尾を翻して森の中に走っていった。

「人に慣れない狐があんなに親しみを見せるなんて」

甜花は驚いていた。祖父と旅して山の中で狐の姿もよく見たが、一度だって近寄ってきたことはなかった。

「陽湖さま、この辺りでお茶にいたしましょう」

銀流が持っていた敷物を地面の上に広げる。甜花はその上に五段重ねの重箱を置いた。中には厨房に頼んで作ってもらった菓子や麦餅が入っている。

紅天が枯れ枝を集め火をつけ、白糸がその中に四角い陶製の器を置いた。容器の中には水が入っていて、このまま温めることができる。

頃合いを見て、石綿で作った手袋をはめて容器を下ろし、中で温めた湯を使って茶をいれた。

木々の間にお茶の香りが広がってゆく。

「おいしい」

少し肌寒いくらいが温かなお茶を楽しめる。時折森の葉ずれが聞こえ、鳥の鳴き声が響く。

こんな美しい景色の中でおいしいお茶と甘いお菓子をいただけるなんて、王さまみたいに贅沢だわ、と甜花は思った。とたんに頭の中に皇帝の姿が浮かんであわてて首を振る。

「……あの塔はなんだ？」

森の木々の向こうにちらっと先端だけ見える高い塔が建っている。陽湖の視線を受けて甜花が説明した。

「あれは図書の塔です。図書宮に収める、まだ整理されていない書物を保管するための建物です」

「ほう、あれがおまえの言っていた図書宮か」

「図書宮はあそこではなく、ここからは見えませんが、塔の向こうにあります。那ノ国や近隣の国から集められたさまざまな書物や記録が収められている知の宮殿……」

話していくうちに図書宮で出会った皇帝の姿を思い出して顔が熱くなってくる。

「どうした？　甜々。顔が……」

「あっ、だ、大丈夫です！　ちょっと陽気がいいので暑くなって！」

「それほど気温は高くないが」

「そ、そうですか？　わたしの顔の周りだけ暑いのかなあ」

手でパタパタと顔を仰ぐ甜花に、陽湖が不審な目を向ける。

「そ、そういえば先日陛下が第九座にお渡りになったんですよね。どんなお話をされたんですか？」

「ああ……」

陽湖は空へ目を向け、記憶を探る顔になった。

「あれはなかなかよい青年だったな」

口元に紅色の笑みが浮かぶ。

「話し方に気をつかわずともよいと言ってくれたので楽だった」

「話し方……」

もしかしたら陽湖はこのままの口調で話したのだろうか。陛下は寛大だな、と思う。

「そういえばおまえの話をしたぞ？」

「は？」

皇帝との話で一下働きの話が？

「庭園で花を取りにきていたおまえを見たと言った。それで褒賞宴の侍女がおまえだということもばれた」

「ええっ！」

「しかし罪には問わないと言っていたから安心しろ」

「そ、そうですか……」

ほっとしたのもつかの間、次の陽湖の言葉に甜花はひっくり返りそうになった。

「名前を聞かれたので教えたぞ」

陽湖は甜花の顔色を見て心配そうな表情になる。

「まずかったか？」

「い、いいえ。あの、陛下はなにかおっしゃっていましたか？」

「いや、別に。なるほどとか言ってたが、どういう意味だろう」

なるほどって……。

それはあれだ。甜々という名前が甜花の愛称だとわかったという意味だろう。

ということは、先日図書宮で会ったときにはもうわたしの名前はわかっていたということで……。

「甜々？」

顔を覆って敷物の上に突っ伏してしまった甜花に、陽湖は心配そうな声を出した。

「さっきからいったいどうしたというのだ」

「ああ、いえ……。久しぶりにこんな森の中に入ったのでちょっと興奮しているみたいで……。わたし、少し頭を冷やしてきます」

甜花はむりやり笑みを作るとふらふらと立ち上がった。思い出した記憶の整理が追いつかない。

「そうか？　一人で大丈夫か？　紅天、一緒に行ってやれ」

陽湖に言われて紅天が立ち上がろうとしたのに、甜花はあわてて手を振った。

「いえ、大丈夫です。少し一人になって考えたいこともあって……じきに戻りますから、みなさまはお茶を楽しんでいてください」

「甜々、紅天ももう少し森の中を見て歩きたいんだ。甜々からは離れて行くからさ」

紅天はそう言うと先に立って歩き出した。しかたなく甜花はその後ろについてゆく。

「甜々、紅天のことは気にするなよ」

紅天はその言葉通り、すぐに木立の陰に見えなくなった。甜花は気を取り直し、大きく息を吐くと森の中を進んだ。

さくりさくりと歩くたびに落ち葉が音を立てる。人工的に造られているはずの庭なのに、静かで穏やかで木の香が強く、本当に深い森の中、ひとりぼっちで歩いているようだった。

（もし皇帝陛下が本当にあのときのおにいちゃんだったら、わたしの名前を聞いてわかったはずだ）

甜花という名の少女は他にいたとしても、同じように鬼霊が視えるものとなるとそういないだろう。

（でも、陛下はわたしになにもおっしゃらなかった）

　つまり、忘れているのだ。

（だったらいいじゃない。正后にならなくてすむわ。わたしは図書宮の書仕を目指すのよ……）

　あのときは泣いているおにいちゃんがかわいそうだったからお嫁さんになってあげると言ったけれど、今の皇帝陛下のことはなにも知らない。

　知っているのは冷たい横顔、それから鬼霊を認め合った瞳、そして。

　図書宮での微笑み。

　あのとき、体が温かくなって、胸のどきどきが止まらなくなった。くすぐったくて嬉しくなった。

　それだけだ。それだけしか知らない。

「わっ！」

　遠くで紅天の声がした。甜花ははっとして辺りを見回す。

「紅天さん、どうしたんですか？」

　木立の間に紅天の小柄な姿は見えない。甜花は声がしたと思われるほうへ走った。

「紅天さん？」

「あ、甜々」

紅天は木々のない、下草もあまり生えていない広場のような場所にいた。その中心に赤く塗られた小さな塔のような建物がある。紅天が立っていたのはそのすぐそばだ。

「ああ、紅天さん。今、声が聞こえたから」

甜花は紅天のもとに駆けつけた。

「ごめん、甜々の邪魔をするつもりはなかったんだけど、これに驚いて」

紅天は目の前に建っている建物を指さした。なにかを祀ってある祠のようだ。三角の屋根があって、その下に恐ろしい仮面が取り付けてある。

「すごく怖い顔でびっくりしたんだ。なんだろう?」

「ほんとだ、怖い顔……」

仮面の上に扁額が掲げられなにか書いてある。祠の名だろうが、黒ずんでいて読めなかった。

甜花はなにもない周辺を見回した。まるで結界のように周囲から切り離されている印象があった。

「ここ、入っちゃいけない場所だったかも。早く出ましょう」

「うん……」

草が丸く刈り取られたような広場から出て、再び木々の生い茂る森に入り、二人はほっと息をついた。

「ごめんね、甜々。邪魔しないって言ったのに」

紅天が本当に申し訳なさそうに謝るので、甜花は大げさなほど手を振り回した。

「いいえ。おかげさまで考えをまとめることができましたから」

「ふうん、甜々はすごいね。紅天は考えること苦手。歌っていれば幸せだから」

紅天は両手でぐしゃぐしゃと短い髪をかきまぜた。

「紅天さんは歌がお上手だからそれでいいと思います」

「そう？　ありがとう。紅天はね、考えるのはみんな陽湖さまにお任せしているんだ」

陽湖たちのもとに戻るために、サクサクと音をたてて落ち葉の森を歩いていると、後ろからザザザとなにか音がした。

振り向くと落ち葉が地面の上を風にあおられて走ってくる。

なんだ葉っぱか、とまた歩き出すと、さっきより大きな音がして、落ち葉の群れが吹き寄せられてきた。誰かが手ですくったように、地面にこんもり盛り上がっている。

「…………」

甜花と紅天は顔を見合わせた。

「早く帰ろう」

紅天が甜花の手をとる。甜花もうなずいて歩き出した。心持ち早足で。だが。

ざざざ。

　ざざ　ざざ。

ざ、ざ、ざ、ざ、ざ。

落ち葉の山が回転しながら追ってくる。肩越しに振り向くと、落ち葉の山は、今はもう甜花の膝くらいの高さになっていた。

「甜々、なにあれ」

「わ、わかりません」

鬼霊ではない。姿が見えないのだ。ただの落ち葉の固まりにしか。

かさかさかさ、と落ち葉の山が立ち上がろうとしている。言葉通り、足と胴体と頭に見えるような落ち葉の固まりだ。

「なにかわからないけど見ちゃだめな気がします。無視して」

「は、早く戻ろう」

甜花と紅天はもっと早足で前へ進み出した。しかし、ガサガサ音は追ってくる。

「ついてくるよ?」

「き、きっと陽湖さまがなんとかしてくださいます」

「そ、そうだね」

甜花と紅天は顔をひきつらせ早足で、いや、もう駆け足で森の中を進んだ。

「早く早く!」

「追いかけてくるぅ!」

すぐ後ろにぴったりと人型の落ち葉の群れが張り付いている。

「いた! 陽湖さま!」

紅天が喜びの声をあげる。陽湖たちのいる場所は、明るく、暖かそうに見えた。

「陽湖さまあ！」

「たすけて！」

陽湖が驚いた様子で立ち上がるのが見えた。

「おまえたち、なにを連れてきた」

甜花と紅天が駆け込んできた横を陽湖が走り抜けた。

「なんだ、おまえ」

背後で陽湖の声がした。甜花が振り返ると、陽湖が足で落ち葉の山を蹴り崩しているところだった。

「……逃げた」

陽湖の前には、焚火ができるほどの落ち葉の山が残っているだけだ。

「陽湖さま、今のは」

「わからぬ。私は山で妖も視たし話も聞いてはいるが、これはそういったたぐいではなさそうだ。甜々、おまえこそ正体がわかるのではないか？　これは鬼霊では？」

「いいえ、わたしにもわかりません。鬼霊のような……なんていうんでしょう、質感はなかったんです。なんだかほんとにただの落ち葉に追いかけられたみたいで」

陽湖は靴の先で落ち葉の山をサクサクと踏んだ。

「悪い気配はしなかったんだがな……」

足下からくるくると落ち葉が舞い上がったが、それは風のしわざだったようだ。

「少し冷えてきました。館へ戻りましょう」

銀流が声をかけて、この場はお開きとなった。甜花は森の奥を見つめた。さっきの得体の知れないなにかは、まだあそこにいるのだろうか？

二

朱悦《シュエツ》は工房の召使だ。後宮の家具や建物の補修などを行う工房では、常時五〇人ほどの召使が働いている。

手先が器用なことはもちろんだが、それ以上に自分で考えて工夫したり、こつこつと努力したりする忍耐強さが求められる。

いろいろな用事に追い回される下働きの黄仕から、工房の召使に召しあげられたときは、嬉しかった。才覚があれば工房のさまざまな専門分野の長になれる可能性がある。そして後宮の工房のお墨付きがあれば、後宮から出た後も仕事には困らない。

朱悦の父親も優秀な大工だった。だが、流行り病で死んだあと、生活は困窮した。二度と貧乏な生活には戻りたくなかった。

朱悦は工房の中でも細工物師と呼ばれる細かな作業の部で働くことになった。小さな板切れを渡され、それに花飾りを彫るように言われている。工房に入ったばかりの新人に与えられる修行のような仕事だ。

工房の召使になってよかったことのひとつに、部屋がある。今までの七人部屋から二人部屋へ移ったのだ。寝台の他に小さな作業机ももらった。同室の記珊《キサン》も同じ工房の新人だった。

朱悦は板に覚えたての花文様を彫っていた。根をつめて集中しているうちに、夜が更け、手元の灯りの油も少なくなった。光が弱くなればノミの先も危ない。

「記珊、ちょっと手燭の油を分けてくれない？」

朱悦は同じように板に向かって作業している少女に言った。

「だめよ、私だってぎりぎりだもの。明日にしたら？」

「明日までにこれを細工長に見せなきゃならないのよ、少しでいいから」

板を振って見せると記珊は自分の灯を見て答えた。

「じゃあ、一緒に油をもらいにいこう。私も心許なかったから」

そこで朱悦と記珊は一緒に油壺をさげて油を保管している油倉庫へと向かった。万が一、火事になると後宮全体が燃え落ちるかもしれないので、油倉庫は後宮のすべての房から離れた場所にある。

冷たい夜風が遮る物のない外回廊に吹き付ける。朱悦と記珊は首をすくめて震えあがった。

「やっぱり明日にしない？　朱悦」

「いやよ、もう少しでできそうだから。あたし、早くここで認められたいの」

早足で回廊を駆け抜け、ようやく油倉庫に辿り着く。そこは油番と呼ばれる召使が管理している。油番は四交代で一日中倉庫に詰めているのだ。

「工房の記冊と朱悦か。おまえたち、油の消費が多いようだよ？」

黒いかぶり物で頭を包んだ油番は、帳面を見ながら言った。

「仕方ないでしょう、今修行中なんだもの。さっさと油をちょうだい」

朱悦は年配の油番に反抗的な態度で答えた。記冊が服の袖を引っぱり、たしなめる。

「大概にしておきなよ？　夜に根をつめると目が悪くなる。見えなくなったら後宮にいることもできなくなるんだからね」

油番がなだめるように言ったが、朱悦はぷいとそっぽを向いて油壺を突き出した。油番はそんな彼女の壺に黙って油を注いだ。

たっぷりの油を手に入れると、二人は油倉庫を出た。

「朱悦、今のはあまりよくない態度だったよ」

廊下を進んで記冊がこっそりと朱悦に言った。朱悦は鼻先で笑った。

「なによ、油番なんて一日倉庫で記録をつけてるだけじゃない、人の役に立つものを作っているあたしたちのほうがよっぽど上等だわ」

「そりゃそうかもしれないけど」

「とにかくよかった、これで朝まではできそう」

「彫りあがったらすぐ寝なさいよ、朱悦」

話しながら歩いていると、回廊にさっきはなかったものがあった。白い長上着だ。洗濯して干してあったのが飛ばされてきたのだろうか？　回廊の床に丸まって落ちている。朱悦は一瞬、猫がいるのかと思った。

「あら、誰のかしら」

記珊が拾い上げようと手を伸ばしたとき、ふわりとそれが起き上がった。

「え？」

長上着はまるで姿の見えない人間が着ているかのように、袖を動かし、すそをひらめかせて廊下の上に立ち上がる。もちろん中身はない。

「ひいっ！」

朱悦はのどの奥でかすれた声をあげ、尻もちをついた。記珊も「ぎゃっ」とひっくり返った。長上着はそんな二人の前でふわふわと揺れていたが、やがてぱさりと元のように床に落ちた。

朱悦と記珊は抱き合って「きゃあきゃあ」と悲鳴をあげ続けた。

「どうしたんだい」

油番が転げるように走ってきた。

「おばけ……おばけが……っ」

記珊が床に落ちた服を指さして言った。油番は服に近づいて、それを手に取った。

「ただの長上着だよ」

「だ、だけどさっきそれが持ち上がって動いて……」

油番は怯え切って口もきけない朱悦の前にしゃがんだ。

「大丈夫かい？　部屋まで送っていこうか？」

「………」

心配そうな油番の目に、朱悦はさっきの自分を恥じた。あんな馬鹿にした態度をとったのに、油番はこんなに親切にしてくれて。

油番がぽんぽんと朱悦の背中を叩く。その手の優しさに涙が出てきた。

貧乏な生活に戻りたくないと、後宮でがんばってきた。気を張って周り中、敵みたいに思って。けれど本当はこうやってみんなに助けてもらっていたのではないか。

「ごめんなさい」

「え？」

「さっき、ひどい言い方をして」

「気にしてないよ」

油番は朱悦と記珊を立たせた。

「さあ、行こうか」

その晩、朱悦は花飾りを完成させ、細工物師に褒められた。その美しい板を箱に組み立てて初めての自分の作品として油番に贈ることになるのだが、それはのちの話だ。

令絹《レイシ》は厨房の下働きだ。実家が料理店だったので、最初から厨房への希望を出していた。願いが叶ったときは飛び上がって喜んだ。後宮で下働きから召使、やがては料理を任される鍋前を目指したい。

後宮で修行をすれば、どこへ出ても一流の味を作ることができると言われている。いつかその味で実家の店を今の二倍……いや、十倍にも大きくすることが夢だ。

真面目で努力家の令絹は厨房の先輩たちにもかわいがられた。ところが中に一人だけ、令絹にいじわるをするものがいた。

沙英《サエイ》という名の五つほど年上の召使だ。

令絹が洗った皿は汚れていると言って二度三度洗い直させられるし、切った野菜は大きさが揃っていないとやり直しさせられる。そのうえ、その野菜をひっくり返して、箒ではなく手で広い集めさせられた。

熱い油に手をつっこまされそうになったこともあるし、理不尽に突き飛ばされもした。

そんな沙英の行いはさすがに厨房でも問題になり、この日、鍋前の長が二人を呼んだ。

鍋前長は令絹と沙英に居残りで南頭芋の皮むきを命じたのだ。

芋は樽いっぱいにあり、二人でやっても日が変わるまでにできるかどうか。令絹と沙英は冷たく暗い厨房の隅で黙々と皮をむいた。

鍋前長がただのお仕置きで沙英と残らせたのではないだろうと令絹は考えていた。おそらく、沙英とちゃんと話をさせるためだ。

沙英は無口だが決して愛想が悪い人間ではない。令絹以外のものには笑顔を見せるし優しい部分もある。なぜ自分にだけつらく当たるのだろうか？　自分のなにが彼女を苛立たせているのだろうか？

人に嫌われているというのは悲しく怖い。知らない内に自分がなにかまずいことをしているのではないかと思うと、行動もびくついたものになる。

もし自分が沙英を傷つけるようなことをしていたのなら謝りたい。人と不仲になどなりたくはないのだ。なにより沙英は包丁での飾り切りが上手で、四后の皿の、人参を使った竜の飾り切りは息を呑むような美しさだった。できれば教えを乞いたいほどだ。

「……沙英さん」

令絹はかじかんだ手にはあっと息を吹きかけながら言った。

「教えてください、私はなにかあなたに悪いことをしたでしょうか？」

「…………」

沙英は答えず包丁を動かしている。まるで手が皮をむく道具になったかのように、一定の速度で。同じ太さの皮が長く連なって足下に落ちていった。

「私には思い当たりません。でも、厨房も辞めたくありません。このままここでやっていくなら、沙英さんとも仲良くしたいです」

「…………」

　ぷつりと沙英の持つ芋の皮が切れた。沙英は視線を足下に落とし、切れた皮を拾い上げた。

「あんたは悪くないよ」

　ようやく沙英は言葉を返した。

「ただ、あたしがあんたを見るといらいらするだけなんだ」

「なぜですか」

　返事をしてくれたということは会話をする意志があるということだ。この機を逃すまいと令絹は身を乗り出した。

「私のなにが沙英さんをいらつかせるんですか？」

「あたしの個人的なことだよ。あんたが知る必要はない」

「ありますよ！　同じ厨房で働く仲じゃないですか、これからもずっと。私に悪いところがあれば直します」

「直せないよ」

「なんで……」

「あたしはあんたの顔が嫌いなんだ！」

　沙英は手に持った芋を床に叩きつけた。

「顔……」

それはさすがに直しようがない。令絹は両手で顔を押さえた。

「あんたは……あたしの死んだ妹にそっくりなんだ……。あんたと同じように料理が好きで、いっつもあたしやお母ちゃんの手伝いをしようと厨房でまとわりついてきた。あたしは妹が大好きだった。後宮で働くのも妹の薬代のためだったんだ」

「薬代……？　妹さん、病気だったんですか？」

「そうだよ、高い薬いっぱい飲んだけど……死んでしまった」

沙英は顔を覆った。

「生きてたらあんたくらいの年だ。あんたを見てると妹を思い出す。妹は質の悪い流行り病に罹って死んだから、死祈院《しきいん》で埋葬もしてくれなかった。あたしとお母ちゃんは妹の亡骸を河原で焼いたよ。あの子は死んだのにあんたは生きてる……なんて理不尽なんだろうって思ったら……あんたが憎くて……」

ううっと沙英は呻き声をあげた。押さえた手の下から涙がぽたぽたと床に落ちる。

「あんたが悪いんじゃない……わかってる、あたしが馬鹿なんだよ……。あんたにはすまないことをした……あたしが厨房を辞めればいいんだ」

「…………」

令絹は芋と包丁を床に置いた。立ち上がって厨房に向かう。厨房には明日使うための野菜の入ったかごや箱が積んであった。

令絹はその箱の中から白菜を手にとり、その葉を一枚やぶった。

「沙英さん、沙英さんも厨房を辞めなくていいですよ」

自分の前にしゃがんだ令絹の気配に、沙英はおそるおそる顔を上げ、「えっ」と驚いた声をあげた。

そこには白菜の葉で顔を覆った令絹がいた。目の部分に切れ込みが入り、見えるようになっている。

「私が顔を隠します。そうすれば沙英さんは私の顔を見ないですむでしょう？」

「あんた……」

「沙英さんは妹さんが大切で大事だったんですね。大好きだったんですね」

令絹は沙英の手を取った。

「私も両親が大好きです。両親のために料理の腕を磨きたくて後宮に入りました。だから辞めるわけにはいかない、でも沙英さんに悲しい思いをさせるのもいやです」

「あんた……馬鹿だね」

沙英はほろほろと涙をこぼした。

「それにそのお面、へたくそだよ。目の位置がずれているし、大きさも揃ってない」

「え、そうですか？」

令絹はあわてて手で白菜の葉をさわった。

「ごめんよ、令絹」

沙英は令絹の頭を撫でた。

「あんたと妹は違うのにね……もうあんたに当たらないよ。そのへたくそなお面がなくても」

「沙英さん……」

「あんた、もう部屋へお帰り。芋は私がむいておくから」

「そんなことできません。一緒にやっちゃいましょう。妹さんの話聞かせてくださいよ」

「令絹……」

そのときごとり、と厨房のほうで音がした。誰かがやってきたのかと、令絹は白菜のお面をとって立ち上がった。

中を覗くと床の上に壺がひとつ横になって転がっている。さっき白菜をとりにいったときにはなかったのに。

「どうしたの？」

「壺が落ちてて」

沙英も後ろから覗いた。二人の目の前で壺が横になったまま、ゆっくり回り始める。

「な、なんでしょう？」

「中にネズミでもはいったんじゃないかな」

沙英は壁に立てかけてあった箒を手にとった。その柄で回っている壺をつつく。

と、壺が口を下にして起き上がった。

「ひっ？」

令絹が沙英にしがみつく。一瞬驚いた顔をしたが、すぐにぎゅっと令絹のからだを引き寄せた。

「大丈夫、おねえちゃんがいるよ」

沙英は令絹の肩を抱き、もう片方の手に握った箒で強く壺を突いた。

壺はその勢いで床を滑り、壁に当たって割れた。中にはなにもいなかった。

「なんだったんでしょう」

「さあ……」

二人は顔を見合わせ、抱き合っていることに気づいてあわてて離れた。

「ごめんなさい、つい」

「いや、いいんだよ」

沙英は令絹に笑いかけた。初めて見る沙英の笑顔に令絹は嬉しくなった。

「沙英さん、これからもよろしくお願いします」

「ああ……今までのこと、許してくれるかい？」

「はい……」

答えようとした令絹の声が止まった。引きつった顔で沙英の背後を見ている。

振り向いた沙英は、さっき令絹が捨てた白菜の面が、なにもない空中に浮かんでいるのを見て悲鳴をあげた。

「令絹、逃げな！」

沙英は箒をめちゃくちゃに振り回した。柄が白菜の葉に当たると、他愛なくそれは床に落ちる。

二人はもう一度抱き合って、一緒に厨房から逃げ出した。

人けのない裏庭に立つ柿の木、その根元にしゃがみこんでいるのは第四佳人恵玲《ケイレイ》妃の館の使用人、瑠枝《ルエ》だ。夕食の支度で忙しい黄昏時、誰もここまでは来ない。だが、瑠枝はきょろきょろと辺りを見回し、誰もいないのを何度も確認して、そっと木の根元を掘った。毎日掘り返しているので、地面は柔らかく、すぐに土は崩れてゆく。しばらく掘り進むと、地面の中から泥にまみれた布包みが現れた。瑠枝はほっと息を吐いた。

(よかった、あった)

自分が隠したのだからあるのが当たり前なのだが、その姿を見るまでは毎回心配だった。瑠枝は包みをひっぱり出し、布をほどく。中からは薄闇でもはっきりとわかる金色のきらめきが現れた。

それは両手で持てるほどの大きさの女神像だった。薄いブエルを頭からかぶり、からだには条帛《ジョウハク》と呼ばれる薄い布を巻き、下肢に沿った裳をなびかせている。

「雲女神さま。今日も一日お守りくださいましてありがとうございます」

瑠枝は木の根元に置いた女神像に手を合わせ、拝んだ。

この女神像は昔から実家にあったもので、後宮に入ることになったとき持ってきた。貧しい家だったがこれだけは昔から家宝として伝わっていた。何代か前はお大尽だったと、いつも父が言っていた。この像はその証拠でもある。両親が五年前の流行り病で亡くなったあとは大切な形見になった。

以前は下働きの娘たちが休む部屋の寝台に置いていたのだが、ある日盗まれてしまった。必死に探してなんとか犯人を見つけることができたのだが、それ以降は怖くなって部屋には置かないことにした。

それでここに隠して毎日祈っている。

忙しい後宮の生活の中で、女神に手を合わせ、祈るときだけが心休まる時間だった。女神の優しい微笑みを見れば母親を思い出し、その重みに父親の手を思い出す。祈りは瑠枝の支えだった。

「――瑠枝、なにしてるの」

不意に背後から呼びかけられ、瑠枝は心の臓が止まるかと思った。

とっさに女神像を両手で覆い、肩越しに振り返る。立っていたのは同じ恵玲妃に仕える使用人の櫂螢《カイケイ》だった。瑠枝よりも年が上でからだも大きく、いつも自分より弱いものをいじめている娘だ。瑠枝は最近目をつけられ、上役がいないところで暴力を振われていた。

「櫂螢さん……いいえ、なんでもありません」

「うそ、今なにか隠しただろ。なにを持ってるの？」

耀螢は瑠枝に走り寄ると彼女が後ろ手にしたものを取ろうとした。瑠枝はそうされまいと今度は胸の前に抱き、身を屈める。

「やめて！　あっちへ行ってください、耀螢さん！」

「見せなよ！　まさかあんたなにか盗んだんじゃないだろうね」

「違うわ、違うったら！」

必死の抵抗もむなしく、力では敵わない耀螢に女神像を取りあげられる。

「なによこれ、神様？　あんたこんなものに祈ってるの？」

「返して！　それはお父さんとお母さんの形見なの――」

耀螢は像を持った手を高々と上に上げ、必死に飛び上がる瑠枝を嘲笑った。

「私に預けなよ、これ。出入りの商人に渡して高く売ってあげるから。取り分は二分でいいよ」

「そんなんじゃない！　そんなんじゃないの、大事なものなの！」

瑠枝がどんなに手を伸ばしても届かない。泣きながら瑠枝は耀螢の手に触れようとした。

「こんなもの、大事にしちゃってばっかみたい！　神様なんかなんの役にも立ちゃしない。祈るだけ無駄だよ」

「なんてこと言うの、罰が当たるわよ！」

「罰なんか怖くないよ、ほんとに神様がいるなら当ててみなよ！」

耀螢が大声で言ったとき、パキリ、と枝が折れるような音がした。小さな音だったのに琉枝と耀蛍の耳にはいやにはっきりと聞こえたので、二人は揃って振り返った。

そこにはただ柿の木が立っていた。柿の木は葉を落とし、その根元には枯れ葉が積み重なっている。その枯れ葉があちらへカサカサ、こちらへカサカサと動いていた。

「な、なに……なにかいるの……？」

左右に盛り上がった葉の山が、木の前で合流する。まるで葉の下に小さな猫でも隠れているようだ。それはしばらくその場で動いていたが、やがて急に立ち上がった。

「ひゃあっ！」

「きゃあっ！」

耀蛍と瑠枝は思わず抱き合って悲鳴をあげた。枯れた葉が、朽ちた葉が、色とりどりの落ち葉の群れが、立ち上がり大きな姿になっている。

「うわあっ！」

耀蛍は瑠枝をその葉の固まりに突き飛ばし逃げ出した。手から像が転がり落ちる。

「――あ、」

瑠枝は恐怖も忘れてそれに飛びついた。両手で握り心の中で祈りの詞を唱える。

（お母さん！　お父さん！　神様！）

背後がしん、と静まった。荒い呼吸を吐きながらおそるおそる振り返ると、そこにはまだ枯れ葉の山が立っている。しかしその姿は――。

「かみ、さま……」

背後は真っ赤な夕焼けで、それは黒い影になっていた。しかしその影《シルエット》は瑠枝の持つ像と同じだった。ほっそりとした、たおやかな優しい姿。

「女神さま……」

ばさり、と葉の山が崩れた。舞い上がる木の葉の中で瑠枝は地面に額を擦りつけ、祈りを唱えた。


「――ってことがあったらしいのよ」

明鈴が甜花と額をくっつけて囁いた。

「油倉庫に出たのと厨房に出たのは同じものだと思うのよ。でも瑠枝が見たのはなんだったのかしらね」

「瑠枝が言うように神様のお姿だったんじゃないのかしら」

一緒に聞いていた彩雲は両手を合わせて拝むようにした。

「櫂蛍にいじめられていた瑠枝を憐れに思って助けてくださったのよ」

甜花はその話を聞き、自分が然森庭園で見た落ち葉のおばけを思い出した。

最初に庭園、それから油倉庫、厨房、第四佳人の館の裏庭……。

「近づいてきてる……」

呟いた甜花に明鈴が顔を向ける。

「なに？　近づいてるって」

「なんでもないの」

甜花は笑って首を振った。まさか最初に自分がそのおばけに会ったなんて言えない。まるで自分が連れてきたみたいではないか。

（あの祠……）

きっかけがあったとすればあの祠だ。ずいぶん恐ろしい顔の神様の面。あれはなにを──どなたを祀った祠だったのかしら。

あそこからわたしはなにを連れてきてしまったのか。あれはわたしに用があるのだろうか？

甜花は自分の不安を陽湖に伝えた。きっと陽湖ならなにかうまい考えがある。

「おもしろい話だ。もう少し詳しいことを知りたいな」

相変わらず長椅子に寝そべったまま、陽湖は応えた。すぐに使いを出し、怪異に遭遇した娘たちを第九座へ集めると、それぞれに話をさせた。

さらに娘たちの家のこと、親のこと、住んでいた場所のことも聞いた。

甜花は陽湖のすぐそばで、一緒に娘たちの話を聞いた。

「さて、どう思う？」

三組の娘から話を聞いて、それぞれを帰した後、陽湖は甜花や他の使用人たちに向かって尋ねた。

「最初に然森庭園で見たときと、瑠枝のときは落ち葉を使って、朱悦のときは洗濯物、令絹のときは壺と白菜……あまり関係あるとは思えませぬ」

銀流が細い首を斜めにかしげる。

「そんなことないわぁ。それぞれに共通点を見つけようとするからバラバラなのにゃあ」

你亜が暖炉の前で寝そべった姿のまま言う。

「まずは共通点ではないのか？」

陽湖が問うと、你亜は両手を前に伸ばし、腰を突き出して伸びをした。

「共通点をどこに見つけるか、ですよぅ……姿はぜんぜん別なんだもの、たぶん、たまたまそこにあったものを使ってるだけなのにゃあ」

「ん？　どういうことだ？」

「あ、」

甜花はぽん、と両手を合わせた。

「わかった、そこにあったものを使ったってことは、そもそもそれには姿がないのね」

甜花の言葉に你亜は握った手で顔をこすり、蕩けるような笑みを浮かべた。

「そのとおりぃ」

「なるほど。形を持ちたくていろいろなものに取り憑いているということか」

「やっぱりあの祠から出てきちゃったんだと思うんです」

甜花は申し訳なく思い、身を縮めた。

「祠については私のほうで調べておこう。ところで私は彼女たちの話からもうひとつ、わかったことがあるぞ」

陽湖はそう言って館のものたちを見回した。誰もが気づいていないとわかると満足そうに赤い唇で笑った。

「工房の娘の父親、厨房の娘の妹、そして第四佳人の下働きの娘は両親。彼らの死についてだ」

「ああ、そういえば」

銀流が思い出したとうなずいた。

「全員、五年前の流行病で亡くなっておりますね」

「そうだ。五年前、この国で流行った紅駁《こうばく》病という病。王都を中心に国中に広がった。あの頃は毎日のように河原や山で死体の焼かれる煙が立ち上った。私のいた桂陽、湖沼の郷でもかなりの被害が出た」

甜花も一〇歳かそこらだったが覚えている。どの家も扉に疫病よけの絵札を貼り、あるいはやはり疫を防ぐと言われるウコンで染めた黄色い布を屋根から下げていた。窓からは毎日のように葬儀の黒い棺の列が見え、街中に煙の匂いがこもっていた。

「その五年前、つまり一〇年前にも少し流行った。そのときはあまり死人が出なかった。五年前は大雨が続き、洪水の被害も多かったせいもあり、本当に大流行したのだ」

　紅駁病はその病にかかると顔に赤い斑点ができるのが特徴だ。斑点はあっという間に全身に広がり、皮膚がただれ、高熱が出て七日もしないうちに死んでしまう。恐ろしいのはそれが伝染病で、家族にその病のものが出ると、一家は全滅してしまうところだ。

「五年前の大流行のときに、患者に触れたり、患者の衣服や食べ物、汗や便に触れたりしてはいけないということがわかって、なんとか収束したのだ。一〇年前の小流行のときに、士暮水珂がそう言って注意を促していたのにな」

「え……」

　甜花は驚いて陽湖を見上げた。

「おじいちゃんが……?」

「なんだ、知らなかったのか」

　陽湖のほうこそ驚いた顔をした。

「士暮が皇宮を追われたのもそのせいだ。あのとき、皇宮で病が出た。士暮は予防のために皇族や貴族の人間たちに寝具や衣服を燃やすように進言した。あと、遺体を焼くようにともな。高位のものは土葬が基本だ。だからそれに反発した貴族たちが士暮を追放したのだよ」

「そんな……」

　一〇年前に博物官の地位を追われた祖父。その理由については口を閉ざしていたが、そんなことがあったなんて……。

そうだ、祖父は五年前の疫禍のときにも、先頭に立って病に立ち向かっていた。衣服を焼け、寝具は使い回すな、手を洗え、石灰を家に撒け。祖父は街の人々にそう言って回ったのだ。

祖父は博物官の知識を生かしてそれまでにも街の人々を助けてきた。そのため祖父を信じて協力してくれる人々も多く、王都の被害は一定数に食い止められた。しかし地方や田舎のほうにまでは徹底できず、結果として多くの人が亡くなったのだ。

「祖父が……そうだったんですか」

うなだれる甜花の頭の上に、陽湖の手がそっと乗る。

「士暮は知恵があり勇気のある人間だったよ。……そう聞いている。本当に惜しい人物を亡くした」

「はい」

陽湖が祖父を賞賛する言葉が嬉しい。他の誰よりも陽湖にそう言われることが。

「あの疫病とおばけがなにか関係あるんでしょうか？」

「疫病をまき散らす妖というのもいるけどぉ、聞いただけだと今回のそれは様子が違うみたいにゃあ」

你亜は座ったままひょいと足を自分の頭まで持ち上げた。ものすごくからだが柔らかい。

「おばけは姿が持てないみたいだから、今も見えない状態で皇宮をうろうろしているのでしょうか」

甜花は枯葉をまとったあの姿を思い出した。葉がなければ今はなにをまとっているのか。

「形がないのなら話を聞くのも話をするのも、むずかしそうだな」

陽湖は袖の中に両腕を入れ、胸の下で組んだ。

「仕方がない。そのものに形を与えよう――甜々?」

「はい」

ピン、と背筋を伸ばす甜花に、陽湖は冴え冴えとした笑みを向けた。

「これはおまえに頼みたい。聞いてくれるか?」


その夜遅く、甜花は寝所をそっと抜け出した。真っ暗な回廊はぽつりぽつりと吊り灯籠に火がともっているが、灯りの下から離れれば、すぐに自分の足も見えなくなる。

時折、警備の兵が二人連れで回廊を巡回している。甜花は彼らに見つからないよう、回廊から降りて庭を進んだ。

陽湖は甜花にこう言った。

「そのおばけは鬼霊ではないが、生きているものでもない。おまえの目なら形を借りずにふらふらしている状態を見つけることができるかもしれない。もし見つけたら第九座まで連れてこい。私がそれに形を与えてやろう」

「でも疫病に関係あるものかもしれませんよ?」

甜花は不安に駆られて言った。自分だけでなく陽湖にも疫が及んだら大変だ。だが、陽湖はまったく気にしていないように首を振った。

「もし疫病をまき散らすものなら、出会った娘たちはもう発症している」

「あ……」

確かにあの疫病の大流行は潜伏期間が短く、熱が出て寝付いたらすぐにからだ中に赤い斑点ができ、死に至ったと記録にある。

「いいか？　姿のない奴の姿を視ることができるのはおまえだけだ、甜々。奴に出会ったら話しかけ、なんとか私のもとまで連れてこい。そうしたら私が奴に形を与えてやる。耳と口があれば、話を聞くこともできるだろう」

――陽湖さまがどうやって姿のないものに姿を与えるのかはわからない。でも、あの人ができるというならできるのだ。

それに今までうっとうしいだけと思っていた自分の能力が、人を救うために役立つのだ。甜花は奮い立った。

（わたしの能力はこのためにあったのかもしれない！）

甜花は月明かりに照らされた庭を回り、見えないものの姿を探した。

「一晩だけじゃ見つからないよね……」

夜気に冷えたからだを抱いて甜花はため息をつく。それ、それが現れる法則性もわからない。やみくもに後宮内を歩き回っても無駄かもしれない。

「今日はもう寝所に戻ろう」

陽湖からも無理はしないようにと言われている。甜花は肩掛けをぎゅっとからだに巻き付け、庭から回廊へ上がろうとした。

ぴちゃん、と水のはねる音が聞こえた。佳人たちの屋敷の庭には小さな池も作られている。その池の魚が寝ぼけてはねたのだろうか。

甜花はそっと振り向いた。

そこには月の光を受け、表面を鏡のように光らせている池があった。池からは水草が葉を伸ばしている。その葉の群れが、風もないのにゆらり、ゆらりと奥から揺れ始めた。

(なにか……来る……！)

一番手前の葉が揺れたあと、水はしん、と静まった。甜花の呼吸が荒くなる。水の中になにか、いる……？

水面が、盛り上がった。

円筒状に、水が、表面から立ち上がる。その姿は柔らかな氷の塊のようにも見えた。

それは甜花の視線を受けるとぐっと身を乗り出してきた。甜花の顔の前にかすかにさざ波の立つ水面が――丸く盛り上がった水晶のような表面が突き出される。

甜花が恐怖に固まって見つめているうちに、その表面が揺れて寄せ集まり、透明な顔になった。

それは、甜花の顔だった。

三

第九座の館の扉が音もなく開く。

白い素足でその女は館の中に入ってきた。真っ暗な広間を通り、佳人の休む寝所へと進む。

陽湖の寝所は明かりのひとつもなかったが、大きく開かれた窓から月明かりが入って部屋の中を照らしていた。

「ちゃんと扉から入ってくるとはな、礼儀を心得ている」

陽湖は寝台の上に身を起こしていた。そのそばにはほっそりとした銀流の姿と、背を丸めて様子をうかがう你亜、うずくまった白糸と紅天の姿もあった。

「甜々には連れてこいと言っただけで、からだを貸してやれとは言わなかったのだが」

陽湖の前に立っていたのは甜花だった。肩掛けをだらりと手にさげ、うつろな目で女主人を見上げている。

「これは私の考えが足りなかったな。甜々に取り憑く可能性もあったはずなのに。かわいそうなことをした。おまえにはこれにでも入ってもらおうかと思っていた」

陽湖は手にした木でできた人形を放り投げ、寝台から降りた。

「甜々のからだから出ろ。その娘は私の大切なものだ」

甜花は——その中に入っているものは得体のしれないものだが——ばさりと肩掛けを床に落とした。口をぱくぱくと開け、舌で唇を湿らせる。

「あ——」

甜花の口から低い声が漏れた。

「あ——う、うー……うああ」

のどに手を触れ、声を出そうとしている。まるで長い間発声器官を使わなかったかのように。

「あ——あ、あた、し……」

甜花の姿をしたものが言葉を発した。

「あた、しの……こと……わかってくれる、もの、……さが、探していた……」

「おまえはなにものだ。鬼霊なのか、妖なのか」

陽湖は不敵な笑みを浮かべて甜花の姿をしたものを見つめた。

「あぁ——あたし……あたしには……使命がある……」

「使命だと?」

「そうだ……その使命……果たせるもの、探してた。そそそなた……そなたがいい」

銀流がするすると陽湖の前に進み出て大きく手を広げる。

「下がりゃ、汚らわしい悪鬼め。もしくは雑妖か。こちらをどなたと心得る。おまえなどがうかつに近づけばたちまち霧散させてしまえるのだぞ」

陽湖は銀流の肩に手を置いた。

「まあよい。そのものは私に話があるようだ。聞いてやろう。甜々のからだだ、傷ひとつつけるわけにはいかん」

一瞬で陽湖は甜花と鼻先を突き合わせる距離に移動した。

「さあ、私になんの用だ」

甜花の目は見開かれていたが、突然目の前に近寄った陽湖の姿は映してはいないようだった。甜花は表情もなく言った。

「おぉ――そなた――そなたは人間ではないだろう」

「おまえにそんなことを言われたくはないな」

陽湖は大きく笑った。

「私のことなどどうでもよかろう？　おまえのことを話せ」

「あああああたしのことを話すまえに……そなたを知る必要があるのだ……」

甜花は両手で自分のからだを抱きしめるようにした。

「そなたはこの娘のことを……大切に思っている……人ではないそなたが人の子を愛しいと思っている……なぜだ？」

「その理由を知ることがおまえの使命となにか関係があるのか」

「ある」

甜花はだらりと両腕を下げた。

「あたしにも……大切に思うものがいるからだ……そのための使命……そのための祈り……」

「祈りか」

陽湖は甜花から離れると寝台まで歩き、くるりと振り返った。

「おまえの言うように私は人間ではない。私は――」

ふわり、と陽湖の背後に真っ白な毛皮が広がる。それは三本の銀色の尾。たっぷりとした、輝く狐の尾だ。

「私は天涯山に棲む妖狐、白銀《シロガネ》。甜々は私のかわいい娘だ」


「昔話をしよう」

陽湖は三本の尻尾をからだにまとわりつかせ、寝台に腰を下ろした。

「今から一五年前のことだ。私は天涯山で一人の人間の赤子を拾った。口減らしで捨てられたのか、盗賊にでもさらわれたのかはわからない。すぐに喰ってしまおうかと思ったが、その赤子は私を見て笑ったのだ。そのとき、私の中におかしな感情が芽生えた」

陽湖は懐かしむ目をして言った。

「私も昔は人里や都に下り、男や女をたぶらかし面白おかしく暮らしていた。だがそれにも飽き、天涯山にこもって百年、ほとんど感情を忘れかけていた。赤子はそんな私の心を揺り動かしたのだ」

「それが……」

甜花は自分の胸を押さえた。

「そうだ。当時は名など付けなかったのだがな。私は赤子を育てることにした。初めての子育ては楽しかったぞ。人間の赤子は目を離すとすぐに死んでしまうのでなかなか大変だった。だがそれも楽しい日々だった」

くすくすと陽湖は思い出し笑いをした。

「そのまま育てるつもりだったのだが、ある日、あの男がやってきた。博物官の士暮だ。山の中に赤子が妖と一緒にいるという噂でも聞きつけたのか。あの男は私の仕掛けた数々の罠をくぐり抜け、私の前に立った。私は妖の本性を現し、あの男に牙を向けた。だが奴は恐れなかった」


当時士暮は六〇歳だった。人間としてはもう十分年寄りだったというのに、彼は背をまっすぐに伸ばし、自分をひと呑みできるほどの巨大な狐の化物の目を覗き込んだ。

いまだかつて自分の本性を前に、これほど落ち着いた様子の人間は見たことがなく、妖狐、白銀は驚いた。

「天涯山に棲まう大妖がそなたか」

士暮の声音はどこまでも穏やかだった。

「よくここまで我の罠をくぐり抜けやってきたな」

とがったあごから牙を剝き出し、白銀は呻いた。人語は話せるが、獣の舌はそれほど滑らかには動かない。だが士暮にはきちんと聞き取れていたようだ。

「なに、百年ほど前の記録があったからな。そなた本気で人の入山を拒むなら、前とは違う罠を仕掛けたほうがよいぞ」

「百年前だと？　人がそんなに長く生きるわけがない」

白銀は鼻から熱い息を噴きだした。その勢いに士暮の髪が揺れ、着物がはためく。

「確かに人の命はそなたたち妖よりは短くはかない。だがそれゆえ、長く太く遺すすべを考えるのだ」

「ふん。だがその命もこれまでだ」

白銀は爪を伸ばし士暮の足下の土を抉りとった。

「わが爪と牙の餌食になるがよい」

ぐわっと開けた大きな口の前で、士暮は怯えた様子もなく、手を差し出した。

「まあ、待て。そなたも人間と会うのは久しぶりだろう。こんな山の中にこもっていてはさぞかし退屈だったのではないか？　おもしろい話のひとつやふたつ、聞かせてやろう」

そう言うと士暮は地面に腰を下ろし、白銀に山の外の興味深い話、不思議な話を聞かせた。

百年前までは人の世界にも顔を出していた白銀だ。もともと好奇心は旺盛な性分、つい士暮の話に耳を貸してしまった。

それから三日の間。

士暮はさまざまな話をし、その間に人の幸せや妖と人の関わり方を説いた。

三日目の日が暮れる頃には白銀は士暮の命を奪う気はなくなっていた。白銀は隠していた赤子を士暮に見せるまでになっていた。

「そなたはこの人の子を愛しく思っているのだな」

妖狐が抱く赤子を見て、士暮が優しく言った。赤子は隣に座る士暮の指をしゃぶり、きゃっきゃっと声をあげて笑った。

「すべての生き物は子を愛す。人も妖も子の幸せを祈ってやまない」

白銀は士暮の話をよく聞くために今は人の姿をとっていた。その腕の中で赤子はすっかり安心している。

「私にもこのように愛しく思ってくれていた親がいたのだろうか？」

白銀の問いかけは涙の落ちる音のようだった。

「そなたがどんなふうに生まれ落ちたのかはわしにもわからぬ。だが、どんな生き物も望まれたから生まれてきたのだ。そなたのことを愛しく思うなにものかがいたことは確かだろう」

白銀は激しく心を震わせた。生まれて初めて人間を、他者を敬い、信じた。その思いがまた心を温かく動かす。

「その赤子をわしに預けてみてはくれぬか」

士暮は言った。

「人の子は人が育てねばならぬ。この子の幸いを願うなら」

すでに赤子の幸せが自分の願いだった白銀はうろたえた。このままでは娘は幸せになれない?

白銀はさんざん迷ったが士暮になら預けてもよいと判断した。そして涙ながらに赤子と別れた。もちろん妖狐が涙を流したのも最初で最後だった。


「士暮は自分になにかあった場合、娘を私に守らせるという約束をして、赤子を引き取った。甜花という名は士暮が付けた名だ。そして十五年が経ったとき、合図があった。士暮はようやく私の持たせた胡桃を割ったのだ。私は甜々を守るために都へやってきた。しかし甜々は後宮に入ってしまったので、そばにいるためには準備が必要だった」

「それで佳人と……なったのか」

陽湖は肩をすくめた。

「そうだ。第九佳人の座があいていたのでな。ここに上がるはずだった女と入れ替わったのだ。甜々を守るために。甜々の願いを叶えるために」

「妖が……人の願いを叶えるのか？」

「そうだ。だが甜々は……」

陽湖はじっと甜花の姿を見つめた。

「願いを聞いても口にはせん。金も地位も強大な力もいらぬと言う。甜々の願いは自分が叶えることでしか成就せんというのだ……私は役立たずで困っている」

そのとき初めて、無表情だった甜花の顔にほのかな笑みが上った。

「大妖も……かたなしか」

「そのようだ」

二人はひっそりと笑い合う。

「この館のものはこの娘以外は妖なのだな」

甜花の中に入ったものは陽湖のそばの侍女や召使を見て言った。言葉は先ほどより滑らかに出るようになったようだ。

「その通りだ。銀流は白蛇の妖――」

陽湖が手を振ると銀流の背がぐんと伸びて、天井に届くまでになった。その姿は丸い頭を持つ巨大な白蛇だ。白蛇は青い目で甜花の姿を見て、ふたまたに分かれた舌をちろちろと出した。

「你亜は猫」

くるりと前回りしたかと思うと、少女は毛足の長い白猫に変わった。手足の先と尻尾の先が赤く染まり、しゃあっと口を開けて甜花を威嚇する。

「白糸と紅天は蜘蛛と雲雀《ひばり》だ」

白糸は両手の一〇本の指から細い糸を出し、その糸で自分のからだを包んだ。糸が床に落ちると、そこには子供くらいの大きさの蜘蛛が八つの目を光らせてうずくまっている。

紅天の腕も今や翼となり、顔は鳥に変わっていた。赤いくちばしで甲高くさえずる。

「甜々はこのことは知らぬ。我らのことはちょっと変わった田舎者とでも思っているのだろう」

陽湖の言葉に甜花の姿をしたものは、自分の左胸をそっと押さえた。

「……いや、そうではない。この娘はこの館のものたちにとても親しい気持ちを抱いている。大切な仲間、友人、そしてなにより敬愛する夫人、と」

その言葉に妖たちはそわそわした。蛇はとぐろを巻いたりほどいたりし、猫は仰向けになってくねくねと白い腹を揺らした。蜘蛛は八本の足で糸をこねくり、雲雀は翼で顔を覆ってさえずった。

「その顔で言われると恥ずかしいな。それは甜々が心の中に仕舞っている言葉だろう」

「そうだな、余計な世話だったな。いつかこの娘の口が伝える言葉だったのに」

甜花はにっこりと笑った。普段の甜花が見せない大人びた笑みだ。

「さあ、これで我らは手の内をさらしたぞ。こんどはそっちの番だ。おまえはなんだ？なにゆえ後宮をさまよう。私になにをさせたいのだ」

陽湖が笑みを消して厳しい顔で言う。甜花の姿をしたものも表情を引き締めた。

「あたしは――わたくしは……五年前の疫禍《わざわい》を止められなかったもの」

「なに？」

「再び後宮に、この国に、疫禍が迫ってきている。それを止めたい、どうか――」

甜花は妖の前に膝をついた。

「どうか力を貸してくれ。剣をとり、疫禍の種を斬ってほしい……！」

四

その日再び後宮の西の広場が大勢の人で活気づいた。月に一度の市の日だ。

先月ちょっとした事件があったが、今は誰もそのことを忘れていた。

いつものようににぎやかで華やかな色とりどりの天幕が立ち並び、敷物の上には自慢の品が並べられてゆく。

「いらっしゃい、いらっしゃい」

「見ていってくださいよう」

甜花は陽湖とともに西門の市に来ていた。

自分が夜中になにかに取り憑かれたと聞いてから五日経っていた。

陽湖のもとに連れて行くつもりがすっぽりと中に入り込まれ、あまつさえその状態で陽湖と会話を交わしたと聞いた。一応連れてゆく、という役目は果たしたが、複雑な気持ちだ。短い時間でも自分の中に得体のしれないものがいたなんて。

「結局、なんだったんですか？　鬼霊ですか？　妖ですか？」

「うーむ、なんといえばいいのか、鬼霊であり、妖であり……」

陽湖は言葉を濁す。銀流も你亜も、白糸や紅天も、ニヤニヤしているだけだった。

「そのうちわかる。そうだ、もうじき市の日だろう。それが終わったら教えてやろう」

翌朝目覚めたとき、陽湖にそう言われてはそれ以上聞けなかった。

そして市当日。

今日は銀流や白糸、紅天、それにいつもは館から出ようとしない你亜までついてきていた。

「またなにか気がついたら教えろよ」

そう言われていたが、今回はとくに問題もなさそうだった。

それより甜花は陽湖の様子のほうが気になった。陽湖は天幕の中に入り店の品揃えをじっくりと見て、しかしなにも買わずに出るということを、最初の店からずっと繰り返している。ひどく辺りを警戒しているようにも思える。

「陽湖さま、なにかお探しですか？」

甜花は何度か聞いたが陽湖は「そうだな」と曖昧に答えるだけでなにを探しているのかは教えてくれない。どこか苛立っているようにも見えた。

店を半分回り終えた頃だ。陽湖が立ち止まり、辺りをきょろきょろと見回した。まるでなにか聞こえない音を聞いている様子だ。

「陽湖さま、どうなさったのですか？」

甜花が尋ねるが、答えもせずにずかずかとひとつの天幕の中に入っていった。

「いらっしゃいませ」

天幕の中の主人は髪を高く結いあげ薄いブエルで口元を覆った女だった。もう冬も近いというのに、肌を露出した踊り子のようなきららな衣装で、見ているこちらが寒くなる。

「ようこそいらっしゃいませ」

女は華やかな笑顔で陽湖を出迎えた。

「なにをお見せしましょうか？　南の国の果実を使ったお菓子がありますよ。それとも北の国で作った火のように強いお酒でしょうか」

「ほう、いろいろとあるようだな」

陽湖は店の中をぐるりと見回した。

「はい、西の国の織物、東の国の染め物もございます。どれも自慢の品ばかり」

「織物に染め物……それに疫も売り物か」

「は？　なんのことでございましょう」

店主の女はきょとんとした顔をした。その顔をじっと見つめた陽湖は「なるほど」とうなずいた。

「おまえは知らずに持ち込んだのか」

「え？　あの、」

「いや、いい。ところで……」

陽湖は店の奥を指さした。

「あの壺を中身ごと売ってくれないか」

女ははっとした顔をした。陽湖の指の先には円筒形の土を焼いた壺がある。その口は薄い紙でふさがれていた。

「いえ、あれは売り物ではないんですよ」

どこか落ち着かなげにおどおどと目を泳がす。

「いいではないか。一〇銀でどうだ？　悪い取引ではあるまい」

「そ、そんなたいしたものでは……」

店主は陽湖の示した値段に驚いた顔で手を振った。

「いいからよこせ。私としても目立ちたくはないのでな。一〇銀で足りねば二〇銀出そう。おまえも商売人ならこの辺りが話の落としどころだとわかるだろう」

陽湖がそばの銀流にうなずくと、銀流は懐から布袋を取り出した。白い手の中にざらりと小粒の銀が現れる。店主はそれをなめとるような目で見た。

「わ、わかりました。お譲りします。あの、もしかしてすっかりご存じなんですか？　でもあたしは頼まれただけなんです。こっちも商売が苦しくて、うまくやったら金をくれるっていうから……たいしたいたずらじゃないしって……」

「そうだな、たいしたいたずらじゃない」

女が壺を持ち上げると、その中からなにかカサカサと動き回る音がした。

「ただ、その中身が疫を身にまとっているものでなければ、の話だ」

「え？」

店主が陽湖に壺を渡そうとしたときだった。口を覆っていた紙のふたが、下から強い力で破られた。その隙間から飛び出したのは五匹の黒いネズミだ。

「しま……っ！」

陽湖が叫んだとき、伱亜が動いた。いつも物憂げな様子で寝てばかりいる姿しか見たことがなかったのに、このときの伱亜は素早かった。陽湖のそばから跳躍し、着地したときには両手に一匹ずつネズミを捕えている。

「陽湖さま！」

白糸が叫ぶ。手から白い網が放たれたかと思うと、その先に二匹のネズミが絡まっている。

「もう一匹！　天幕の上！」

紅天が叫ぶ。甜花にはネズミが壺から飛び出したところしか見えなかったのに、紅天にはすべてが追えていたかのようだ。

「任せろ！」

陽湖が天幕を地面に縫い止めている引縄《ロープ》を足で蹴った。天幕が大きく揺れ、ネズミがたまらず転げ落ちる。それが地面に落ちる前に、陽湖の手から放たれた光がネズミのからだを刺し貫いた。

「きゃあっ！」

地面に落ちたネズミに周りの女たちが悲鳴をあげる。

光と見えたのはかんざしの足の部分だった。陽湖が自分の髪をまとめていたかんざしを引き抜き、投げたのだ。

「甜々、壺を」

「あ、はい！」

甜花は急いで転がっていた壺を持って陽湖のそばに駆けた。陽湖はネズミを貫いたかんざしごと放り込み、白糸や你亜が捕らえたネズミもいれた。そのあと、手近にあった布で壺の口を覆ってしまう。

「天幕の上だけでよかった。商品に潜り込まれていたらどうなったかわからん」

陽湖は天幕の持ち主の店主を振り返った。

「騒がせたな、だがこの天幕はすぐに外して焼いたほうがいい。このネズミはおそらく紅駁病にかかっている」

「ひえっ！　紅駁病！」

その言葉に周りにいた人間たちがいっせいに飛びすさる。五年前の大疫禍は誰の記憶にも残っている。人々が悲鳴をあげて逃げようとしたとき、ぴしりと鞭うつような大声が響いた。

「止まれ！　みな、その場を動くな！」

人を従わせる声だった。その声の主を見て、後宮の女たちも商人も立ちすくんだ。

「へ、陛下！」

数人の警吏を連れて皇帝がその場に現れたのだ。

「陽湖殿」

皇帝は天幕の前に立つ陽湖に向かって言った。

「そのネズミが紅駁病にかかっているというのは真か」

陽湖はうなずき、ネズミをいれた壺を掲げた。

「このネズミの尾を見ればよい。血のように赤い。紅駁病は皮膚のただれが特徴だ。ネズミの毛を剃れば全身に広がっているのがわかるだろう」

「……わかった」

皇帝はそばにいる警吏に命令した。

「警吏、この辺りの地面に石灰を撒いておけ。それからそこの店にも女にもな。念のため、店の商品は全部焼け。それからこの場にいるものは酢で手を洗い、真水でうがいをしろ。女たちも商人たちもすべてだ。そのあと后や妃、館付きのものたちは、明日の夜まで館にこもれ。その他のものたちはこの場に仮屋を作るのでそこで待機！」

皇帝のてきぱきとした指示に、警吏も後宮の女たちも諾々と従った。

陽湖は腰を抜かしている店主を振り返った。

「おまえは頼まれただけと言ったな。しかし、おまえが単純ないたずらだと考えていたものが国を滅ぼす原因になったかもしれないのだ。おまえに頼んだもののことを、さっさと白状したほうがいい」

「そ、そんな。あたしはなにも知らない。ほんとに頼まれただけで」

「警吏房で話せ」

泣き出す店主に陽湖は冷たい声で言った。

皇帝の指示で警吏たちが酢の桶を運んでくる。皇帝は手ずから桶を開け、ひしゃくですくった。

「そなたも手を洗っておけ、陽湖殿」

「これは陛下。痛み入る」

陽湖が手を差し出すとその上から皇帝が酢を注ぐ。陽湖が肩越しに振り向いた。

「お前も洗え、甜々。手洗いで紅駮病は九割方防げると士暮も言っていただろう」

「あ、はい！」

そういえば壺を持ったのだった、と甜花も手を差し出す。そこに皇帝が酢を注ごうとする。

（やだ！　陛下にこんな真似を）

甜花はあわてて手を引っ込めて皇帝を見上げた。皇帝は苦笑して、

「気にするな、疫病が後宮に流行るほうが怖い」と答える。

「も、も、も、申し訳ございません……」

皇帝が酢をかけ、甜花は手を洗った、緊張して顔も上げられなかった。

「甜々……」

頭上から囁かれた。

「は、はいっ？」

思わず振り仰ぐと楽しそうに笑う皇帝の顔。甜花はぽかんとその笑顔に見とれた。

「……替わってくれ」

皇帝は警吏にひしゃくを渡すとバサリと長衣のすそを翻した。

警吏たちがばたばたと横を通り過ぎてゆく。彼らは天幕が片づけられたあとに石灰を撒き、地面を白く埋めていった。


皇帝の命令通り、甜花は陽湖や銀流たちと共に館で一日過ごすこととなった。西の広場には大急ぎで簡易居住房がつくられ、先ほどあの店にいた女や商人たちはそこへ入った。どの女たちも不満を言わず従ったのは、紅駁病がそれだけ恐ろしい病だからだ。

皇帝自身も後宮のどこか一室に閉じこもっているという。

「陽湖さま、どうしてあの商人が紅駁病のネズミを持ち込んだとわかったんですか？」

館で簡単な食事をとっている主人に甜花が聞くと、陽湖はおもしろいことを聞いたという顔をした。

「自分で言ったのに覚えておらぬのか」

「わたしが？」

「正確にはおまえの中に入ったものがな。疫禍を運ぶ小さな獣が市に持ち込まれると教えてくれたのだ。むきみで持ち込むはずはないので、壺や箱のようなある程度密封できるものと考えた。あとは店に入って獣の声や音を探した」

陽湖はそう言って餅をぺろりとたいらげる。

それにしても市の喧騒の中で小さなネズミの音を聞き分けるなんて、と甜花が感心すると、「ネズミたちも苦しんで助けを求めていたからな」と陽湖は呟いた。

「ネズミが助けを、ですか？」

「冗談だ。私は耳がいいのだ」

陽湖は指先についた餡をなめとった。

「おまえの中に入っていたもの、な」

「はい」

優しい目で陽湖は甜花を見る。

「あの女はこの国を病から守りたかったのだ。そして愛しいものを」

「その方は……」

「この騒ぎが終わったら報告にいこう」

終

あのあと、捕らえられた店主が語ったところによると、ネズミを市に放せと命じたのは、先月、陽湖に偽物の商品を扱っていたことを明かされた商人だった。

命じられた女はまさかそのネズミが紅駁病にかかっているとは知らず、ただいやがらせのためだと思っていたという。

商人が借金を肩代わりしてくれたので逆らえなかったと涙ながらに訴えた。

黒幕の商人は捕まる前に自ら毒を飲んで死んでしまった。捕らえられれば極刑は間違いなかったので、先に黄泉の国に逃げたのだろう。

だが、そのためにどこで紅駁病にかかったネズミを手に入れたのかは、結局わからずじまいだ。

ネズミは五匹のうち二匹が紅駁病だった。

世の中にはこうして国を滅ぼすような厄災の種を密かに育てているものもいるのだということを知り、甜花は身震いした。

甜花と陽湖は花を抱えて然森庭園へやってきた。

落ち葉を踏んで庭園の外れにある祠の前に立つ。祠には恐ろしい顔の面がかかっていた。

あのときは恐ろしかったが、今ならこの顔の意味もわかる。

甜花は祠の面を見上げた。

この顔で疫病を——疫神を遠ざけようとしているのだ。

甜花は祠の前に膝をついて花を供えた。陽湖は後ろに立って祠を見つめている。

陽湖が教えてくれた。さまよえる見えないおばけは、この祠の主だった。

この祠には一〇年前の紅駁病の流行で亡くなった、身分の高い人のからだの一部が納められているという。その方は自ら疫を封じる神になることを望んだそうだ。

その方のからだは焼かれ、骨は国のあちこちに納められ祠が建てられた。首だけは墓に入っているということだが、からだが揃っていないというのは死者でもつらいことではないだろうか？

——五年前は疫を封じることができなかった。

その方はそう嘆いたという。それで今度こそという思いがあったのだろう。

（陽湖さまのお力でその方の願いは叶った……）

二度と疫禍を起こしてはいけないという強い思い。

鬼霊でも妖でもなく、封疫神となった人の思い。

「ありがとうございました」

甜花は両手を合わせ、頭を垂れた。後宮を、この街を、国を守ってくれたのだ。

わたしには確かに書物で得た知識がある。おじいちゃんと旅した経験もある。けれど、その知識も経験も、こないだの広場の騒ぎのときに役に立たなかった。みんなと一緒に騒いだだけで、手を洗うなんて単純なことすら忘れていた。

（だめだなあ、わたし。おじいちゃんが町の人たちを救ったのを目の前で見ていたのに……とっさに動くことができなくて）

いつかは陽湖や皇帝のように、的確な指示を出せるような人間になれるだろうか？

カサカサと落ち葉を踏みしだく足音が聞こえた。自分たちの他にも祠に参りにきた人がいるのだろうか、と甜花は顔を上げた。

「え？」

目の前に、いるはずのない人間が――いてはいけないない人がいた。

「こ、皇帝陛下！　な、なぜここに」

「ああ」

皇帝は若い面《おもて》を背後に向けた。そこには図書の塔が見える。

「図書宮からこちらへ抜けてきた」

「で、でも、先触れもなく後宮にお入りになるのは――それにお供もなしで」

「息子が母のもとへ参りにくるのに、なんの許可がいる」

皇帝はかまわず祠の前に回ると膝をついた。そう、甜花のすぐ隣に。甜花はあわてて飛び退き、その勢いで陽湖にぶつかってしまった。

「あっ、申し訳……」

「かまわん。それよりおまえの祈りは終わったのか」

「あ、えっと」

終わったといえば終わったのだが。

甜花は祠の前に額ずく皇帝の静かな顔を見つめ、数瞬おたおたしたが、やがて後ろに膝をついた。

そう。封疫神となられたのは先の皇后陛下だった。まだ三〇歳という若さで紅駁病に罹《り》患《かん》し、はかなくなられた。今の皇帝陛下が八歳くらいの年だったろうか。

不意に記憶がよみがえる。

図書宮で出会った怖がりの男の子、あのときお母様がご病気でと言わなかったか。もう少し年上だったような気もするが。

(や、やっぱり皇帝陛下だったのだろうか)

頭を垂れていた皇帝は、やがて立ち上がった。祠の前の花を見て、それから甜花と陽湖に目を向ける。

「疫病を防いでくれて感謝する、陽湖殿」

「私はこの神のお告げに従っただけ」

陽湖は赤い唇に笑みをため、祠を見上げた。

「なんとしても疫禍を止めたいという強い思いに応えただけだ」

「母に会ったのか？」

皇帝は驚くでもなく言った。陽湖はそれに首を横に振る。

「いや、お姿はなかった。ただ市に疫が持ち込まれるのでなんとかしてほしいと頼まれたのだ」

「なるほど」

陛下は祠を見返す。

「ここには母の右腕しか祀られてないのだ。姿を現すのはむずかしかっただろう」

「そうだな」

平然と陛下と会話を交わす女主人を、甜花は驚きの目で見つめていた。まるで普通に話しているけれど、内容も奇天烈な話だ。

「そなたの正体がなんであろうと、厄災を防いでくれたことには礼を言う。近いうちにおいしいお茶を持って九座を訪ねよう」

「ありがたき、しあわせ」

陽湖は優雅に身を屈め、頭を下げた。銀流に何度も言われて挨拶だけは完璧に身につけたようだ。

「花をありがとう。母の好きな花だ」

皇帝がそう言うと、陽湖が大げさに手を振り、傍らの甜花に視線を向けた。

「花は彼女が選んだのだよ」

「ほ、本に書いてあったんです。感謝という意味を持つお花だって……」

真っ赤になった甜花に皇帝が優しい目を向ける。

「そうか、ありがとう。甜々」

甜々。また名を呼んでくれた。

名前、覚えてるの？　あのとき私、名乗ったよね？

だが、皇帝はそれだけ言うと、祠にも、甜花にも背を向けた。

その背が降りしきる落ち葉の中に消えてしまうまで、甜花はずっと見送っていた。

第四話 甜花、夢を追いかけるの巻

序

甘い香りが後宮の庭に漂う。

（金木犀《きんもくせい》だわ）

花を見つけるより先に香りが立つ。後宮の庭にあっちに一群、こちらに一群と金木犀の茂みがあった。

一番たくさん植えられているのは第一后の周明菊《シュメイジュ》后の館の周りだ。橙色の小さな星の形をした花から、濃厚な甘い香りがあふれている。

厨房におやつを取りにいった第九座陽湖妃の館の下働き、甜花は、近道をしようと回廊ではなく庭に降りた。

蒸し器に入った饅頭《マントウ》や肉包《ロウパオ》、運箱《はこびばこ》に入った甘い汁湯《スープ》を温かいうちに陽湖に届けたい。

庭の木々の間を抜けると、草むらに白い足が二本、投げ出されているのが見えた。

ぎょっとして立ち止まり、おそるおそる近づく。

「あれ……」

木の根元に寄りかかって座っている女がいる。胸が上下しているので眠っているだけのようだ。

「見たことある……ええっと」

甜花は記憶をたぐった。汚れた前掛けをつけているので厨房の召使だろう。

「あ、そうだ。蓮さんだ」

以前、友人の明鈴が洗濯物の染みがとれないと泣いていたとき、染み抜きのため厨房で大根を少しもらったのだが、それをくれたのがこの人だった。

「蓮さん？　こんなところで眠っていると叱られますよ」

甜花は近づいて運箱を下ろすと、手で蓮の肩を揺すった。

「蓮さん、蓮さん、起きてください」

けっこう強く揺すったのだが蓮はいっこうに起きない。

「蓮さん……まさか病気……？」

そのとき、蓮の口が開いた。色の悪い唇の下から、白いものがはみ出てくる。

「えっ」

それは、白い蝶だった。蝶は蓮の唇からすっかり羽を出してしまうと二、三度はばたきふわりと空に舞った。

「ええー？」

蓮が眠っている間に蝶が口に入り込んでしまったのだろうか？

蝶はふわふわとほとんど羽を動かさないまま飛んでゆく。

甜花が蝶の軌跡を追って空を見ていると、足下でどさりと音がした。

「蓮さん!?」

蓮のからだが草むらに倒れている。

「蓮さん！　蓮さん！　しっかりして！」

ぺちぺちと蓮の頬を叩いても起きない。

「誰か……っ」

甜花は悲鳴をあげた。

「誰か来て！　誰か、お医司さまを呼んで！」


「後宮でこういう患人《わずらいびと》は三人目なの」

蓮を医房《いぼう》へ運んだ甜花に、若い医司はそう言った。

医房には常時三人ほどの医司がいるはずだが、このときは彼女一人だった。医術に携わるものらしく、白い衣を長衣の上から羽織っている。腰には薬や血止めの布を入れた帯をきりりと結んでいた。

「私は朱蛛《シュチユウ》よ。あなたは？」

朱蛛と名乗った医司は片目に丸い硝子の板をつけていた。これが鷹の目玉と呼ばれる目の補助道具であることを甜花は知っていた。西の国で作られた小さなものを大きく見ることができる道具だ。

「わ、わたしは第九座に仕える甜花といいます」

朱蛛は鷹の目玉のせいで片目がひどく大きく見えたが、美しい女性だった。長い黒髪を頭頂で結び、まっすぐ背に流している。肌が真珠のように輝く白さで、薔薇の実のような赤い唇が目立った。

「そう、甜花さんというの。かわいらしい名前ね」

朱蛛はにっこりと笑った。

「蓮さんを連れてきてくれてありがとう。お手柄ね」

「あ、あの、蓮さんで三人目というのは……」

「ええ」

朱蛛は眉を寄せ、困ったように肩をすくめた。

「他にも二人、眠ったまま意識が戻らないものがいるのよ。しばらくはここで診るけど、時間がかかるようなら外の治院《ちいん》に行ってもらわないといけないわ」

「まさか、流行り病ですか」

「こんな病は聞いたことがないけれど……もしそうだったら大変だわ。なんとしても原因を解明したいけど、私は後宮に来たばかりなの。これからもよろしくね」

朱蛛は力強く言って甜花の手を握った。

「今日は本当にありがとう、甜花さん」

「い、いいえ。とんでもありません、朱蛛先生」

ふわりと金木犀の香りがする。窓の外から漂ってくるのか、朱蛛の白衣から香ってくるのか。

甜花は医房を出た。朱蛛に握られた手が温かい。

(熱心で親切な先生だわ……おきれいだし、すてきね)

それにしても。

この騒ぎで饅頭や肉包がすっかり冷えてしまった。陽湖さまはお許しくださるだろうか?

一

数日が経ち、再び後宮で眠り病に落ちた女が出たという日、皇帝陛下のお渡りがあった。

先触れが第九座に来て、皇帝がこの館へ来ると言う。

南門から輿に乗って入ってきた皇帝は、門前の広場で輿から降り、あとは警吏の女たちに囲まれて回廊を渡った。

第九座は南門から一番離れているので、皇帝が後宮の中を進む姿を多くの女たちが見ることができた。

第九座に到着し、皇帝が館に入ると警吏たちは門の前に槍を持って立った。後宮の女たちは部屋の中で行われることをあれこれと想像し、喧《かまびす》しい。

「何か食せるものはあるか？」

皇帝は、どこか疲れた様子で言った。部屋に入ってすぐ、広間で陽湖がいつも座っている長椅子にごろりと横たわる。後宮を訪れるときにかぶっている弁と呼ばれる冠さえ放り出していた。

「朝食の残りが少しあるが、それでよいか？」

椅子を取られた陽湖は、床に散らかした小座布の上に腰を下ろし、足を組んで皇帝を見上げた。

「かまわん。食事をとってないので腹がすいている」

銀流がすぐに朝食の残っていた分を見栄えよく整え、きちんとした膳に仕立てた。饅頭がふたつに白糸が手をつけなかった魚の蒸し物、多めにあった芋の汁物、それに果物はいつもたっぷりと用意してあるのでそれを盆に載せる。

「甜々、乳を温め直して陛下に乳茶《にゅうちゃ》を」

「はい、陽湖さま」

甜花は皇帝の元気のない様子が気になった。いつも表情を変えないが、今はどこかつらそうな顔をしている。

「こんなものでいいか？」

陽湖が膳を見せると皇帝は起き上がり、薄く笑みを浮かべる。

「十分だ。それにそなたらが食べたあとだということは安全だろう」

陽湖はその言葉にきれいに整えた眉を撥ね上げた。

「いやな言い方だな。安全でない食事もあると言っているようなものだぞ」

皇帝は冷えた肉の饅頭を、あっという間にふたつたいらげた。咀嚼もそこそこにぐいぐいと飲み込んでゆく。よほど空腹だったらしい。

「今朝、皇の食事の膳に毒が盛られた」

皇帝の言葉に驚いた甜花は、陶器の茶器を落としそうになった。

「それで毒見役が一人、重体だ」

「ほう」

陽湖は興味深げに皇帝の苦い顔を見た。

「御身は嫌われておるのか？」

「よ、陽湖さま！」

甜花は驚いて声をあげてしまった。いくら陽湖が田舎の出で物知らずと言っても、これはあんまりな言葉だ。

だが皇帝は肩をすくめてみせただけで、別段とがめはしなかった。

「さあな。好かれてはいないかもしれんが、心の内を聞いたことはないからな」

「毒を盛った人間に心当たりがあるのか？」

皇帝は答えず、魚の蒸し物を食べ始めた。骨を抜いてある魚はぺろりと皇帝の口の中に消える。

「しかし妙だな」

皇帝の顔を見守っていた陽湖が首をかしげる。

「――なにが」

「御身には毒見役がつくのだろう？　だとしたら御身を殺そうとするものは、食事に毒をいれても無駄だと知っているだろうに」

皇帝は箸から掌に伝った魚の汁を舌でなめとり、チラと目を上げた。

「ただの脅しだ。皇をいつでも殺せる、と言っているんだ」

「ひどいな」

陽湖は顔をしかめる。

「ただの脅しで毒見役の命が危うくなるとは」

「なんだ。陽湖殿は皇の心配をしてくれたのではないのか」

皇帝は真顔で陽湖を見た。

「いやいや、もちろん心配してるとも」

大げさに手を振る陽湖に皇帝は苦笑する。

「毒見役は治療させる。その後の面倒も見るし、家族へ金も出す。だから許せとは言えぬが、私にできることはする」

「そうか。それならよい」

皇帝は食事をきれいに食べ終えると、大きく息をつき、懐から茶の包みを取り出した。

「前に言っていた茶だ。おそらく毒は入っていないと思うが」

「注意していただこう」

陽湖は軽く笑って茶を受け取り、それを銀流に渡した。

甜花は乳茶をいれた椀を持って皇帝の座る長椅子に寄った。足下に膝をついて椀を捧げる。

「お茶をどうぞ」

「ああ……」

甘い香りの乳茶の椀をとり、皇帝は甜花を見下ろした。乳茶から流れるほのかな湯気の向こうのせいか、皇帝の目が優しく見える。

「ありがとう」

椀の重さがなくなっても、甜花はしばらく手を上げたままだった。指先の熱さは茶の熱のせいか。

「御身は命を狙われているのか」

床に座ったままの陽湖は片膝を立ててそれを両手で抱える。皇帝は乳茶の椀を口元に当て、ふうっと冷ますとコクリと飲んだ。

「……歴代の王はみんなそうだ。王座とは一本足の椅子に座っているようなもの。気を抜けば転がり落ちてしまう」

「そんな座り心地の悪い椅子など降りてしまえばよいのに」

放り投げられた言葉に、皇帝は椀に目を落としたまま呟く。

「そういうわけにもいかぬのさ。皇は……約束したからね、立派な王になると」

その言葉に甜花はどきりとする。

約束――わたしと……？

皇帝は乳茶を飲み干すと、椀を床に置き部屋の中をぐるりと見回した。陽湖、銀流、それに部屋のすみにいる白糸や紅天、你亜、最後に甜花に目を留めたが、すぐに逸らした。

「この館はいいな。人が少なくてうるさくない」

「まあ、少数精鋭でやってるからな」

「それに」

皇帝はニコリと陽湖に笑って見せた。

「そなたが皇の寵を受けようと思っていないところがいい」

「いやいや、それが後宮の妃の役目だということは心得ている」

再び手を振る陽湖に、皇帝は笑みを崩さず言った。

「いや、そなたはそのままでいてくれ。そのほうが皇も気が楽だ」

そう言うと、皇帝は小さくあくびをした。

「一限ほど寝かせてくれ。宮ではうたた寝もできないからな」

そう言うなり再び長椅子に横になる。寝返りをうち、背もたれのほうに顔を向けるとすぐに寝息が聞こえてきた。

「まるで子供だな」

陽湖が呆れた様子で言う。

「陛下はまだ十八です。きっと大人たちの中で、――お命を狙うものもいる中で気を張ってお疲れなんですよ」

甜花は床の上にあった陽湖の薄い羽織物を手に取った。

「陽湖さま、これを陛下におかけしてよろしいですか？」

「かまわんよ」

甜花は羽織物を手に皇帝に近づいた。皇帝は白い頬をしている。本当にひどく疲れているようだ。

そっと羽織物を背にかけてやる。その薄い布にきらきらと光る毛が何本かついていた。

（あれ……？）

動物の毛のようにも見えるが第九座では生き物は飼っていない。後宮の中で女たちは犬を飼ったり猫を飼ったりしてはいるが。

（お外へ行ったときついたのかしら）

甜花は指先でひょいひょいと毛を摘まみ上げた。

銀色に光るその毛がなんの動物のものなのか、甜花にはわからなかった。

皇帝が第九座で一限もくつろいだ、という噂はたちまち後宮中を満たした。これは陽湖が皇帝の一番のお気に入りということではないか、陽湖が正后になるのではないかと囁かれた。

この話にもっとも大きく衝撃を受けたのは四后の館である。各館の后たちはいずれも国の重鎮の縁戚だ。正后になればその親が、兄弟が、親族が、国の政《まつりごと》に関わることになる。

彼女たちは自分たちのためだけでなく、一族の期待を背負ってここにいるのだ。田舎出の末座の佳人にその栄誉を横取りされるわけにはいかない。

各館の主人たちは、なんとか皇帝のお渡りを得ようと動き出した。

そんな折、甜花は館吏官から呼び出しを受けた。

「甜花水珂。後宮仕えには慣れたか？」

「はい、館吏官長さま」

床に膝をついた甜花の前にいるのは、甜花を陽湖の下働きに任命した老齢の館吏官長だった。鷺映《ロエイ》という名であることを甜花はこのとき知った。

真っ白な髪を頭頂でまとめ、おくれ毛ひとつも落としていない。葦の茎のごとく細いがその背はまっすぐと立って、長い間責任のある地位にいたものの威厳が発せられていた。

「おまえの祖父は博物官の士暮水珂だ。おまえは幼い頃から祖父とあちこちを周っていたな」

甜花はそう言われて驚いた。祖父が士暮だということは出仕前に出した書類に記載していたが、どういう生活をしていたかまでは書いてはいない。

「私は個人的に水珂殿を知っている。もう何十年も前だが。後宮で起こった問題を相談したこともある」

「そ、そうなんですか」

甜花は目の前の厳しい顔つきの鷺映館吏官長に親しみを覚えた。とっつきにくい方だと思っていたが、若い頃の祖父のことを知っているなんて。

「水珂殿が旅の途中で幼子を拾い、養女にしたことも聞いていた。一〇年前に皇宮を出られてからはその子と一緒に旅をすることもあると」

「はい。年に何度か地方に出かけました。祖父は国中の病や妖に関する資料を作っていたんです……」

そしてその資料を皇宮の図書にしたい。だから私は図書宮の書仕になりたい――そこまで言おうとしたが、鷺映は甜花の言葉を遮った。

「その水珂殿の知恵を受け継いでいるのがおまえだ。聞いているかもしれんが、今、皇宮内で眠り病の患人が何人か出ている。なにか知ってはいないか?」

「え、あの」

「聞けばおまえは一人、眠り病のものを見つけて医房に運んだという。眠り病のものを見てどう思った」

「いえ、あの、そんなにじっくり見たわけではないし、祖父の資料の中にもその症状についての本はなかったかと思います。旅先で出会ったこともありません」

「そうか」

鷺映はいかめしい顔の上に気弱げな表情をのせた。

「残念だ。なにか手がかりがあればと思ったのだが」

「今、そんなに眠り病の人がいるんですか？」

「そうだ。昨日で五人になってしまった。医司たちがさまざまな薬や治療を試みているが誰も目を覚まさない」

甜花は医房で会った優しい朱蛛のことを思い出した。

（あの方も苦労されているのだ……なんとかお力になりたいけど）

「あ、」

ふと思いついたことがあり、甜花は顔を上げた。

「なんだ？　なにか思い出したか？」

「いえ、そうではないのですが、あの、わたしをその患人さんたちに会わせていただけませんか？」

鷺映はしわの多い額にさらにしわを寄せて甜花を見た。

「会ってなんとする」

「わたしは医司ではないので治療などはできないのですが……見てわかることがひとつだ

けあります」

「それはなんだ？」

「その病を引き起こしているのが鬼霊かどうか、です」

鬼霊が引き起こしているとはどういうことだ、と鷺映に問われたが、甜花は自分がこの世のものならざるものを視ることができる、とは言わなかった。ただ、士暮に教わった方法で、鬼霊の障りかどうかわかる、とだけ答えた。

助かったのは、鷺映が詳細を聞かなかったことだ。

甜花は館吏官長に連れられ、南の療養処《りょうようしょ》へ向かった。長期患人は、医房から少し離れた静かなこの場所に移される。

扉を開けるとふわりと甘い香りが鼻に届いた。金木犀だ。この辺りの庭には生えていないはずだが、中央の庭園の香りが届いているのだろうか？

朱蛛に会えるかと期待したが、療養処には医司の手伝いや病人の世話をする介添女《かいぞえめ》がいるだけだった。

「こちらが眠り病の患人だ」

寝台に寝かされている女たちはかなり窶《やつ》れていた。水も食事もとっていないのだから当たり前だ。

甜花が発見した蓮も、がっしりした体形の女だったのがすっかり痩せ衰えている。

「蓮さん……」

そう親しいわけでもないが、やはり知っている人間が病みついていると胸が痛む。

「日に数度、からだを起こして糖水や蜜で唇を湿らせている。だがそれでも限界がある。一番早く病にかかったものはもう持たぬだろう」

鷺映が目で示した女は、黒ずんだ皮膚を骨の上に張り付かせていた。

「どうだ？　甜花。鬼霊の障りなのか？」

甜花はじっと病人たちを見つめた。しかし、彼女たちの上にもその周辺にも鬼霊の姿はなかった。妖の仕業かとも思ったが、その姿もない。

「いいえ……鬼霊ではなさそうです」

「そうか」

鷺映は重いため息をついた。

「このまま苦しみなく死ぬことが唯一の救いというわけか」

なぜ皇宮でこんな病が発生したのだろう。紅駁病のような伝染病でもなさそうなのに。役に立たなかった甜花は頭を下げて療養処を出ようとした。その鼻先を白いものが通った。

（え？）

それは蝶だった。真っ白な蝶がふわりと甜花の前を通り、窓から抜けてゆく。

「あっ」

　思わず声が出た。

　もう一羽、白い蝶がいる。それは眠り病の患人の唇に止まっていた。見ているうちにさらに一羽、口の中から出てきた。

「蝶が……！」

「どうしたのだ、甜花」

　鷺映館吏官長は不審げな顔で甜花を見た。

「あ、あの、」

　甜花は患人を指さしたが館吏官長の表情は変わらない。

　見えていない。ではあれは現実の蝶ではないというのか。

　鬼霊はいない。だが、この世のものではない蝶はいる。

（あの蝶はなに？　あれが眠り病の原因？）

　ぱっと頭の中に記憶がひらめいた。

（待って！　そう、わたし、前に読んだことがある。どうして今まで思い出さなかったんだろう!?）

　鷺映は蒼白になった甜花の肩を摑んだ。

「なにかわかったのか？　甜花」

「はい、いえ、あの、」

蝶が見えているだけではだめだ。あの蝶がなにをしているのか、蝶が原因ならなにか対処方法を探さないと。手がかりはある、持ってきている本の中に。

「あの、少しお時間をください。調べたいことがあります」

もし妖ならば知識のある你亜もなにか知っているかもしれない。

鷺映を見つめると、老女はしばしの間甜花の顔を睨んでいたが、やがて眉根を開いた。

「わかった。任せる」

「ありがとうございます」

甜花はぺこりと頭を下げると急いで療養処を飛び出した。そのまま下働きたちが休む寝所へ駆け込む。

寝台の枕の下から祖父の書いた博物誌を引っ張りだすと、猛烈な勢いでめくり始めた。

「ええっと、たしか……東の国の話で……」

白い蝶が寝ている人の口から出たという話が記載されていたはずだ。それがなんだったのか、肝心なところを覚えていない。

「あった！」

東の国の思想家が書いた短い説話。

自分の中から蝶が飛び出し、長い間会わなかった友人を訪ねてゆく夢を見た。そのあと起きると窓辺に蝶が飛んでいた。もしかしたらこの蝶は友人かもしれないと、甘い水を与えた。

思想家は、蝶は自分の夢の形かもしれないと結んでいた。

「夢の形……」

夢、眠って起きない。夢、夢の形の蝶が飛んでゆく、どこへ?

「だめだ……。これだけじゃわからない……」

甜花は本を閉じた。これはやはり訊くしかない。


「白い蝶々が口から出ていったぁ?」

床の上に伸びていた你亜はころりとこちらに転がった。

「そうなんです。眠っている人の口から……」

館に戻った甜花は、陽湖たちに自分の視たものを話した。

「わたしが最初に蓮さんを見たときもそうでした。でもそのときは本物の蝶が口に入ったんだろうって思って……。あのとき、気づいていれば……」

「本物の蝶だってそうそう人間の口には入らないと思いますわねえ」

白糸が呆れたような口調で言う。

「書物には、人から出た白い蝶は夢の形とも書いてありました。眠って起きないことと夢はなにか関係あるんじゃないかと思います」

甜花が言うと、你亜はうーんと両手を伸ばして起き上がった。

「夢、かあ。聞いたことあるにゃぁ……。なんだっけ……」

你亜は片足を頭に伸ばそうとして、甜花が見ているせいか、やめた。

「你亜。甜々の頼みだ。思い出せ」

陽湖も言ってくれたが你亜は首を振った。

「ごめんねえ、思い出せにゃいや。でも、あたしよりこういうことに詳しいものを知ってるからぁ……、すぐに使いを出してここに呼ぶにゃぁ」

甜花は你亜に飛びつくようにしてその手を握った。

「お願いします！　こんな病が後宮で広がったら、陛下のお渡りもなくなります」

「なぁにぃ、甜々は陛下に来てもらいたいのかにゃぁ？」

你亜は握られた手をゆらゆらと振って聞いた。

「えっ、そりゃぁ……」

「甜々は陛下が好きなのか？」

陽湖が興味深そうに長椅子から身を乗り出した。

「い、いえ！　そういうわけでは……！　そ、それに陛下は陽湖さまがお好きなんだと思います」

顔が赤くなりそうだったので、甜花はあわてて茶棚に逃げた。乱暴に茶器を取り出してお茶の用意をする。

「そうかなあ？」

「そうですよ。でないとあんなにくつろがれません……」

皇帝が第九座で過ごしたとき、きっちり一限で陽湖は皇帝を起こした。

皇帝は大きなあくびをして、「よく眠れた」と嬉しそうだった。

「まあ私はさほど興味はないが、甜々がアレが来た方がいいというならもてなそう」

陽湖はどさりと長椅子の背もたれに身を預けた。

「陽湖さま。陛下のこと、アレだなんて」

「陛下でしたらとりあえずは明日、後宮にお渡りになる予定ですよ」

外から戻ってきた銀流が広間に入ってきて言った。手になにか薄い紙を持っている。そういえば甜花が飛び込んできてすぐに、誰かが第九座の館へやってきていた。

「今、第一后の周明菊さまの館から使いが来まして、明日、誕生宴《たんじようえん》を催されるそうです。陽湖さまにもぜひおいでいただきたいと」

「誕生宴？　誰の」

「周明菊さまですよ、もちろん」

銀流は陽湖の顔の前に招待状を突きつけたが、陽湖はいやそうにそれを手で退けた。

「臭いぞ。香《こう》の匂いがきつすぎる」

「そうですね。文に香りをつけるのは嗜みですが、これはやりすぎですね」

甜花は陽湖に茶を運んできたが、確かに招待状の匂いが茶の香りを上回っている。

「それに陛下が呼ばれているのか」

陽湖は甜花から茶の器を受け取って言った。

「周明菊さまは内府の右大臣さまのお嬢さまでいらっしゃいます。年若い陛下が政を行うには内府の協力が必須でしょう。もともと正后候補でもあられますから、お誘いを受ければ断ることもできないでしょう」

銀流は淡々と言う。後宮のことに関して第九座の人間は興味はなさそうだったが、情報は手に入れているらしい。

「私は明日頭痛の予定だ。そうでなくてもその香りの充満している館へ行けば絶対頭が痛くなる。いやだ、行かない、断る」

陽湖は長椅子の上で仰向けになる。

「うまく言っておいてくれ」

「かしこまりました」

陛下は騒がしいのがお嫌いなのに、誕生宴にわざわざ顔を出されるなんて……、と甜花は皇帝に同情する。

(抜け出してこちらへいらっしゃればいいのに)

そんなふうに考えてふと顔を上げると、長椅子の上の陽湖がニヤニヤしてこちらを見ている。

心が読まれたような気がして、甜花はさっと目を逸らした。

二

翌日の朝早くから、後宮は浮き足だっていた。

一后の館は内も外も花で飾り付けられ、お祝いを言いにきたものには菓子が振る舞われた。

下働きの黄仕たちも、菓子を目当てに大勢が一后の館に押し掛けた。

やがて皇帝のお渡りがあると、菓子の振る舞いは一時中止となった。館の扉は堅く閉ざされ、門の前に警吏たちが槍をかざして立ちはだかった。

一后の館には、三后、四后、そして第一座から八座までの妃たちが集まっている。二后の苑恵后と第九座の陽湖は体調を理由に欠席していた。

「いいわねえ、お誕生の宴……。私も後宮に来る前はお家《うち》で祝ってもらったわ」

久しぶりに甜花は明鈴と会った。洗濯房に洗い物を持っていく途中だった。明鈴が半分持つと言ってくれて、そう多くない衣類を二人で運んだ。

「小鈴のお家の誕生宴も、たくさん人が来るの？」

「お友達を呼ぶくらいよ。でもにぎやかで楽しいわよ。歌を歌ってくれたり、みんなで遊戯をしたりするの」

「へえ」

「もちろんお菓子もいっぱい！　去年の誕生宴には、あたし、お父様からすてきなかわいい靴をいただいたの！　でも結局履かずに後宮に入っちゃった。あの靴……」

明鈴は泣きそうな顔になった。

「かわいそうな靴。こんなことならもらってすぐに履けばよかった。汚したくないってしまいこんで、バカみたい」

「後宮を出たらまた履けるわよ。足の大きさはそう変わらないもの」

「そうかしら……」

明鈴はしょんぼりしたが、すぐに笑みを作って明るい顔を上げた。

「甜々は？　甜々は誕生宴になにをもらったの？」

「わたしは……」

去年、まだ士暮が元気だったとき、大きな辞典をもらった。文字のなりたちが体系立てて書かれているもので、もらったその日から夢中になって読んだものだ。

しかし、そのことを話しても、明鈴には合点がいかないようだった。

「お話の本じゃなくて……文字の本？」

「うん、この文字がどうしてそんな形になったかって調べられるの。おもしろいわよ」

「へえぇ……」

なんとか明鈴にその面白さをわかってもらおうと説明したが、むずかしいようだった。

「ええっと、その本が甜々にはおもしろいってことはわかったけど、あたしの誕生宴には贈らなくていいからね？」

明鈴に笑顔で言われ、甜花はがっかりした。

「ねえ、一后さまの館の前を通っていかない？　もしかしたら陛下のお姿が見られるかもしれないわ」

洗濯物を洗濯房に預けた後、明鈴に誘われた。

「仕事は大丈夫？」

「うん。ちょっと遠回りするくらい、いいでしょ」

二人は手をつないで一后の館へ向かった。


その頃、第九座には訪問者がいた。ただ、この訪問者は後宮に用がある人間が通る西門を通ってきてはいなかった。もちろん、北も南も、東の門も通ってはいない。

訪問者は年老いた女の姿をしていた。黒い毛皮を頭からすっぽりとかぶり、見えているのはとがった鼻先と、しわくちゃにした布のような口元だけだ。背を丸め、いかにも大儀そうに陽湖の前に座っている。

「よく来てくれた。宵華《シャオファ》殿」

陽湖は長椅子に座ったまま言った。背後には紅天が立っている。

銀流が大きな皿を捧げ持ってくる。皿の上には、はみ出るほど大きく立派な生の魚が載っていた。

「東の海で獲れた魚を氷河の氷で包んで運んできたらしい。驚くほど新鮮だ」

目の前に置かれた魚に、老女は切れ込みのような薄い唇からぺろりと長い舌を出して、口の周りをなめた。

「宵華殿は伱亜の師匠だそうだな」

老女、宵華は顔を上げてにんまりと笑う。しわの中に隠れていた目が大きく開くと、力強い緑色の光が現れた。

「聞きたいことがあるって？」

宵華は手を伸ばし、魚を摑んだ。顔はしわだらけだが、腕はつやつやと張りがある。赤く染められた爪の手で魚を口元に持っていくと、そのままがぶりと噛みつく。

「そうだ。今、後宮で眠り病に落ちる女たちがいる。どうやっても起きないそうだ。そしてその患人の口から白い蝶が飛び立ったらしい」

陽湖は長椅子の足下に寝そべる伱亜に目をやる。伱亜はくつろいだ様子をしながらも、目だけは注意深く師匠を見守っていた。やや離れた壁際に白糸もいて、じっと老女を見つめていた。

「伱亜はその蝶のことを聞いたことがあると言った。だが思い出せない、詳しくは知らないと。おぬしならなにか知っているのではないか？」

「おやおや」

宵華はものすごい勢いで魚を食べ進む。大きく首を振ると、魚の内臓が勢いよく床に飛び散った。口の周りを魚の鱗や血で汚しながら、老女はしわだらけの頬をゆるめて笑った。

「天涯山の大妖、白銀さまでもわからないことがおありですかね」

宵華は陽湖の正体をずばりと言い当てた。

「興味のないことは知らぬ」

陽湖は落ち着いた様子で言った。宵華に隠しても仕方がないと思っていたのだろう。

「興味のないことならなぜ今お知りになりたいので？」

「私の娘が知りたがっているのでな」

それを聞いて老女はぺろぺろと舌で手の甲をなめ、ほくそえんだ。

「おやまあ、大妖も娘には甘いことで」

「教える気があるか？」

「そうさねえ」

宵華は頭からかぶっていた毛皮をばさりと床に落とした。するりと立ち上がるその姿は、妖艶な成熟した女になっている。

顔以外、首の下から足の先まで青灰色の短い毛で覆われ、頭には三角の耳、長い尻尾は七つに分かれていた。

「教えてもいいけどただじゃいやだね」

宵華の言葉に寝そべっていた你亜が背を起こす。目つきが鋭くなっていた。

「宵華ねえさん、あまりごねるもんじゃないにゃあ」

「ガキは黙っておいで」

宵華は緑の目をきらめかせて你亜を睨む。你亜は床に手を突き、背を丸めた。唇の間から尖った歯が見えている。紅天も陽湖の長椅子の後ろで身を乗り出す。肩から先の腕が翼に変わっていった。

「やめろ、紅天、你亜。こちらが教えを乞う立場だ。私がやれるものがあるならやろう」

陽湖が手を上げて你亜を制す。それに宵華は満足そうな笑みを浮かべた。

「話が早いじゃないか、さすが三尾の狐さま」

「なにが望みだ、化け猫」

「そうだね」

宵華は舌をべろりとあご先まで伸ばし赤い唇をなめた。

「あたしも年をとったんでね、白銀さまの血を少しばかりいただこうか。さすれば若さが少しは蘇るだろう」

「宵華ねえさん！」

你亜が床から跳躍した。だが、宵華に届く前に、そのからだは一回転して床に叩きつけられた。宵華は右手を顔の横でゆらゆらと揺らしながら你亜を見やる。

「小娘。おまえがあたしに手を出そうなんて百年早いよ」

「くそばばあ……ッ」

すぐに飛び起きた你亜の愛らしい顔は、今は口が耳まで裂けている。とがった歯をむきだし、しゃあっと威嚇音を出した。

「控えていろと言っただろう、佟亜。お客に無礼だ」

陽湖は椅子から立ち上がると、長衣のすそを引きずり、宵華の前へ立った。

「私の血くらい、いくらでもやろう」

陽湖の椿の花びらのように赤い唇の下に、鋭い牙が見えた。その牙で下唇を嚙みしめると、ぷつりと切れて真っ赤な血が盛り上がる。血は陽湖のあごを伝い、無地の長衣の胸に滴り落ちる。

「さあ、宵華殿」

陽湖は宵華の滑らかな頰に手を当てた。

「我が牙を恐れぬなら……存分にするがよい」


「あ、見て、甜々！　一后さまのお館の窓が開くわ！」

庭の木立の間から一后の館を見ていた明鈴が小さく声をあげた。皇帝や宴の様子を見たくて四分の一限ばかり（約一五分）館の周りをうろうろしていたが、さすがにもう帰ろうと甜花が明鈴のすそを引いたときだった。

「寒いのに窓を開けるなんてどうしたのかしら」

「人が多いからきっと空気がこもってしまったのよ」

それとももしかしたら、一后の部屋はあの文に焚き染められていた香で、息苦しくなったのかもしれない。

開いた窓から女が身を乗り出してきょろきょろしているのが見えた。その姿はまたすぐに部屋の中へ消える。

「陛下が見えないかしら」

「無理だと思うわ。ねえ、もう帰ろう、小鈴」

甜花は時間が気になっている。洗濯物を持っていくだけならとっくに戻っていていい時間だ。こんな道草をするなんて主人である陽湖に言ってこなかった。

「うーん、もうちょっと……あれぇ？」

茂みから身を乗り出して館を見ていた明鈴が、甜花の腕を摑んだ。

「ねえ、甜々！　なんだか様子が変よ！」

一后の館から女が数人飛び出してくる。衣装から見ておそらくは侍女たちだろう。彼女らは館の前に立っていた警吏の女を呼び、中へ入れた。見ているうちにその警吏らもまた館から飛び出し、どこかへ駆けてゆく。

「ど、どうしたんだろう」

「行ってみよう、甜々」

明鈴は茂みから駆け出した。

「ま、待ってよ、小鈴！」

「なにか困ったことが起きたのよ、助けなきゃ！」

明鈴はこういうとき、ためらいがない。黄仕の短い下衣をたくしあげ、すねをむきだしにして館へ走った。

「なにかあったんですか！」

明鈴は一后の館に近づくと大声をあげた。館は甜花たちのいる庭から少し高く作ってあり、侍女は階段の上に立っていた。明鈴は階段の一番下の段に膝をついた。

「お手伝いします！」

館の玄関にいた侍女はうろたえた顔で明鈴を見た。

「な、なんでもないのよ、あっちへ行きなさい」

「でも、警吏の方が走ってゆくのを見ました、なにかあったんでしょう！」

「なんでもないってば！」

「あっ！」

明鈴に追いついた甜花は、窓を見て声をあげた。開いた窓からたくさんの白い蝶が飛び立ってゆくのが視えたのだ。

「なっ、なに？」

甜花の声に侍女も窓のほうを見た。だが彼女に視えるはずもない。しかし、そのために隙ができた。

「失礼します！」

甜花は階段を駆け上がった。

「――え、ちょっと！　だめよ！」

玄関に立ちはだかる女を押しのけ、甜花は館に入った。

「……これは……！」

入ってすぐの場所に人が倒れていた。その人の口から白い蝶が羽を出している。

甜花は広間に続く扉も押し開けた。その中には一后夫人や他の后たち、招かれた佳人たちもいたが、ほとんど倒れている。起きているものたちは、この事態にどう対処していいのかわからず、むやみに倒れている人間を揺すっているだけだ。

白い蝶が――。

「て、甜々、これって……」

追いついた明鈴が状況を見て怯えた声をあげる。

白い蝶があとからあとから倒れている人の口からはばたいて舞い上がる。

「眠り病だわ……」

部屋の一番奥に倒れているのは皇帝だった。その皇帝の口からも一際大きな蝶が飛び立とうとしている。

「だ、だめ……っ」

あの蝶が皇帝の夢だとしたら、逃してはいけない気がした。

蝶が皇帝の口から出た。それは窓に向かっている。

「小鈴！　すぐに九座に行って陽湖さまに伝えて！　甜花は蝶を追いますって！」

そう言うと甜花は一后の館を飛び出した。

「て、甜々！　どういうこと!?　蝶ってなに？　そんなのどこにもいないわよ!?」

背後で明鈴が叫ぶが甜花は振り向きもせず、窓から飛んでゆく蝶を追いかけた。


第九座の館では陽湖と宵華がいまだ睨み合っていた。陽湖の唇からはまだ血が流れている。その血を見つめる宵華の白いのどがごくりと上下した。

「見くびるんじゃない。あんたの牙なんて……怖くないよ」

宵華は覚悟を決めた目で、陽湖の唇に顔を近づけた。你亜と紅天の緊張が高まる。部屋のすみの白糸も手の中で糸を繰り出した。銀流だけは静かな顔で見つめて動かない。

陽湖の唇と宵華の唇が触れ合う。深い湖色の陽湖の瞳と、宵華の翠石の瞳が睫毛の間で妖気を飛ばし合った。

すぐに宵華は飛びすさる。宵華の唇にわずかに陽湖の血がついていた。それをぺろりと舌先でなめとる。

「ああ……っ、すごい。これっぽっちなのに血が燃えるようだよ！」

宵華は自分の腕で自分のからだを抱きしめた。

「さすがは天涯山の大妖……！　力が湧くねえ」

「満足したなら教えてもらおうか」

陽湖も舌で自分の血をなめとった。長衣の胸の血は消えずに花のように咲いている。

「いいよ。約束は約束だ。人が白い蝶を吐いて眠りに落ちる――そいつは奪夢羅《ダムラ》さ」

「ダムラ？」

「蜘蛛のような形をしているが、そこにいる化け蜘蛛の仲間じゃない」

宵華は部屋のすみで糸を丸めている白糸に目をやった。

「妖の一種だが、より性根《たち》が悪い。獲物はおもに人間だからね。力も強いし魔物と呼ばれるたぐいだ。白い蝶はその人間の見ている夢さ。奪夢羅は人の夢を養分にする。自分で張った巣に蝶を誘い込んで――」

ドンドンドン、と館の扉が叩かれた。陽湖ははっと顔を上げ、銀流に目配せする。銀流はするするとからだを揺らしもせずに玄関へ移動した。

「なにごとか」

玄関の扉を開けると若い娘が息を切らして立っていた。

「誰じゃ？」

銀流の声に娘は怯えた顔で頭を下げる。

「あ、あたし明鈴です、下働きの。あの、甜々が――甜花の伝言を持ってきました」

明鈴の言葉を耳にした陽湖は、長衣のすそを翻し、自ら玄関に出向いた。

「甜々の伝言だと？　甜花はどうしたのだ」

「あ、あのっ」

直接女主人と対峙したことのなかった明鈴は、気圧されたように一歩下がり、しかし必死な目で言った。

「甜々は蝶を追うと言ってました。一后さまのお館で人がたくさん倒れて――それで外へ飛び出していったんです！」

「なんだと!?」


甜花は庭を越え、回廊を渡り、また庭に降り、駆け抜けた。目は蝶だけを追っていた。たくさんの蝶たち、そして皇帝の蝶は、みんな同じ方角を目指して飛んでゆく。

時折屋根の向こうに消え、木の陰に隠れはしたが、白い羽の群を見逃すことはない。あまり速くないのが救いだった。

（どこに……どこに行くの？）

やがて蝶は後宮の建物を出て然森庭園に抜けた。

「甜々――！」

後ろから名を呼ばれた。この声は知っている。

甜花が振り向くと紅天と白糸が走ってくるのが見えた。紅天はみるみるうちに甜花に追い付き、横に並んだ。

「甜々！　陽湖さまが戻れって」

「だめよ、蝶を見失ってしまうわ！」

甜花は小走りに駆けながら言った。

「でも甜々、危険なのですわ」

白糸も追い付き、ぜえぜえとのどを鳴らした。

「あの蝶は人の夢ですのよ。その夢を奪う奪夢羅という魔物がいるんですの。蝶の向かう先にきっといますわ」

「夢!?」

「夢を養分にするんだって。你亜の師匠がそう言ってた」

そういえば你亜が、より知識のあるものを呼ぶと言っていた。いつの間にか館に来ていたのか。

「あれか」

紅天が空を見上げながら言った。

「紅天さんにも視える？」

甜花は驚いて聞いた。紅天はあごを引く。

「あそこまでたくさん飛んでいればね。紅天は勘がいいんだ」

「あたくしにも視えますわ。甜々、蝶はあたくしたちが追いますから」

「でも、陛下の夢もいるのよ！」

三人は然森庭園の奥へと進んだ。蝶は木立の間に見え隠れしながら、さらに奥へと飛んでゆく。

「あそこ！」

紅天が指さした。蝶の群れは大きな金木犀の木の中に吸い込まれていくようだ。ひとかかえもある巨大な金木犀の幹に、人が一人、入れそうな虚《うろ》が開いている。蝶はその中に入っていく。

「ここ……」

「きっと魔物の巣ですわ」

白糸が身震いした。

「──わたし、入ってみる」

甜花はそう言うと、足先を虚に入れた。

「て、甜々！　だめだよ、危険だ」

「でも、夢を奪われたらどうなるか、你亜の師匠さまに聞いてますか？」

「え、いや」

紅天と白糸は顔を見合わせた。

「そこまではまだ……」

「だったら、どうなるかわからないじゃないですか。一刻を争うかもしれません。蝶を救い出さなきゃ！」

夢の蝶――陛下の夢を。

甜花は両足を入れた。そのとたん、足下の地面の感触がなくなった。

「きゃああっ！」

三

「奪夢羅が人の夢を喰う……そうすると喰われたものはどうなるのだ？」

「肉体には影響はないんだけどね」

宵華は銀流のいれたぬるい乳茶をなめながら答えた。

「夢っていうのは結局記憶の積み重ねだから、喰われればその夢を作っていた記憶がなくなってゆく……まあ大抵は食い尽くされる前に人間のからだが持たずに死んでしまうけど、もし先に夢がなくなってしまえば、その人間は生ける屍になってしまうだろうね」

ふむ、と陽湖は指先でこめかみをかいた。今は長椅子の上に戻り、宵華の話を聞いている。血で汚れた長衣は着替えていた。

「人を眠りから覚ますにはどうすればよいのだ？」

「そうさね。まずは奪夢羅から蝶を取り戻すことだよ。夢が人に返れば目を覚ます。奪夢羅を殺してもいいね。あとは、夢の中でこれは夢だと気づくことだね」

「――あ、陽湖さまぁ」

床の上にいた你亜がぴくんと頭を上げた。手を耳に当て、聞こえない音を聞き取ろうとするかのように目を閉じた。

「紅天から連絡です。甜々が、にゃにゃ……奪夢羅の巣に入ってしまったんですって」

その言葉に陽湖は顔色を変えた。


医房では三人の医司たちが次々に運び込まれる眠り病の患人の対応に追われていた。あまりの患人の多さに寝台も足りなくなり、床に直に寝かせられるものもいた。

皇帝を始め、第一后、三后、四后、そして第一座から八座までの佳人たち、それに大勢の侍女や召使たちは誰一人目を覚まさなかった。

「これは、もう私たちの手には負えません。皇宮の医司殿にも応援を頼みましょう」

朱蛛が医房の責任者である医司長に嘆願する。

「しかし、後宮で陛下がお倒れになったことが公になれば、病の元がこちらにあるとして、後宮の解体につながるかもしれん」

年輩の医司長はためらっている。朱蛛はその腕を摑み、励ますように言った。

「仕方がありません。陛下がお亡くなりになったら元も子もありませんし。それこそ問答無用で私たちは処刑です」

朱蛛の言葉に医司長は震えあがった。そこへ——、

「朱蛛医司！　医司長さま！」

外に出していた患人を診ていた介添女があわてて駆け込んできた。

「大変です！」

その声を聞いて医司長は頭を抱えた。

「なんだ！　これ以上大変なことなど……っ」

「患人が目を覚まし始めました」

「なんだって！」

医司長よりも早く朱蛛が動いた。すばやく玄関の扉から飛び出すと、外に寝かせていた患人のもとへ走る。

「起きたって？」

「はい、なにをしても起きなかったのに急に……」

朱蛛が見ると、何人かが身を起こして辺りを見回している。ぼんやりした顔で、自分がなぜこんな場所にいるのかわからない、という顔をしていた。

「これは……」

朱蛛はわずかに呆然としたが、すぐに顔を上げ、空の向こうを見つめた。その形相が醜く歪む。

「おのれ……ッ」

「あっ、朱蛛先生、どこへ！」

介添女が叫んだがそれに答えもせず、朱蛛は庭を駆け抜けた。

それより少し前。

然森庭園の金木犀の木の虚の中に落ちてしまった甜花は、虚の中にたまった落ち葉の山に埋もれていた。

「た、助かった」

起き上がろうとしたが、落ち葉はかなり深くたまっていたので、じたばた動けば動くほど沈んでゆく。

「甜々――」

上のほうから声が降ってきた。見上げると、紅天と白糸が頭上から降りてくるところだった。二人は細い縄にぶらさがっている。

「なにやってんだ、甜々」

「あ、た、助けてください。起き上がれなくて」

紅天は甜花の近くまで降りてくると手を差し出した。その手に摑まってようやくからだを起こす。

「怪我はないかい?」

「は、はい。なんとか」

落ち葉を踏みしめ、甜花はようやく立ち上がった。紅天と白糸も落ち葉の山の上に立つ。

「ここって……あの虚の中なんでしょうか？」

「そうだな、急に甜々が消えたから紅天たちもあわてて追いかけてきたんだ」

落ちてきた穴は、はるか彼方に小さな月のように見えた。まるで井戸の底だ。

「あの木の虚がこんな深い場所につながっていたなんて」

「灯りをつけますわ」

白糸が言って懐から小さな蠟燭を取り出す。それにふっと息を吹きかけると青白い火がついた。

「わあ、なんですか？　その蠟燭」

「陽湖さまが西洋の商人から買った魔法の蠟燭ですわ。便利でしょ」

白糸が自慢げに言う。甜花は単純に感心した。世の中には自分の知らない不思議なものがまだまだいっぱいある。あとで借りて仕組みを調べてみよう。

「横穴がありますわよ、甜々」

蠟燭で周りを照らしていた白糸が言った。子供が入れるほどの穴が黒々とした口を開けている。

「蝶はきっとその横穴ですね」

三人は暗い穴を覗き込んだ。

「どこへ続いていますのかしら……」

蠟燭の明かりは奥までは届かない。白糸が怖々と囁いた。

「とにかく夢の蝶を取り戻さないと」

甜花が入ろうとするのを紅天が止める。

「待った！　甜々」

「なんですか！　ここまで来て止めないでくださいよ」

甜花は肩を摑んだ紅天を振り返った。その甜花に紅天は掌を向け、笑いかける。

「いや、もう止めないよ。だけど甜々が先に行くのはだめ。ここは紅天が先に行く」

「え、だって」

不満そうな甜花に紅天が真面目な顔をして言った。

「紅天のほうが身が軽くてすばしこい。甜々はからだが重いからだめだ」

すっぱりと言われて甜花は赤くなった。

「お、重くないです！　紅天さんとそう変わりませんよ！」

「いや、重い。それで白糸が最後だ。注意してついてきて」

「わかりましたわ」

紅天が身を屈めて横穴に入る。白糸が甜花をつついた。

「ほら、甜々。お行きなさいよ」

「重くないのに……」

甜花はまだぶつぶつ言いながら紅天の後ろに続いた。

横穴は狭く、湿っぽく、からだや手が土に触れるとべたりと重い汚れがつく。しかし、距離はそんなに長くはなくて、じきに広い場所へ出ることができた。

そこはうっすらと明るかった。

明るいのは——白い蝶が——。

「すごい！」

白糸が声をあげる。

小さな小屋くらいの拓けた場所一面に、蜘蛛の巣のような網が張り巡らされている。そこに白い蝶たちが囚われていた。その蝶の羽の輝きが、空間をうっすらと明るく見せていたのだ。

「すごい巣……奪夢羅って蜘蛛のおばけなの……？」

見上げて呆けたように呟いた甜花の言葉に、白糸がきっと目を吊り上げた。

「違いますわよ！　似ているというだけで蜘蛛じゃありませんわ、こんなものと蜘蛛を、一緒にしないでいただけます!?」

「す、すみません」

なぜ白糸が怒ったのかわからないが、その勢いに思わず謝ってしまう。

「だけど、こんなすごい巣、どんな蜘蛛でも見たことありませんわ……」

白糸は興味深そうに網を指で触っている。蜘蛛が好きなのだろかと甜花は思った。

「奪夢羅はいないようだね」

洞窟の中をぐるりと見て回った紅天が言った。

「どこかへお出かけかな」

「奪夢羅は人の夢をこうして蝶にして……巣に捕らえて喰うんですわね」

「夢を食べられちゃったら人間はどうなるのかな。そこまで聞いておけばよかった」

紅天の言葉に甜花は考え込んだ。

「食べられたらなくなりますよね……。わたしはよくおじいちゃんの夢を見ます。その夢が奪われたらとっても寂しいし、悲しいです」

囚われている白い蝶をよく見ると、少しずつ大きさも羽の形も違う。白一色かと思ったが、うっすら色づいているものや、模様があるものもあった。

皇帝のはどれだろうと目をこらしたが判別はつかなかった。

「みんなそれぞれ違っている。夢は人それぞれ……きっと人には必要なんです。だから、このまま喰われてしまうのはいけないと思います」

「わかった。じゃあ、ここから逃がしてやればいいんだ」

紅天が勢いよく言って、もがいている蝶の羽に触れた。だが。

「……紅天さん?」

紅天は急にぴたりと動きを止めた。思わず呼びかけると、軽く首を振ってこちらを見た。

丸い目をぱちくりさせている。

「びっくりした！　今、夢が流れ込んできたよ」

「え？」

「一瞬だったけど、この人の夢を見た。気をつけて。下手をすると夢に引き込まれて眠ってしまいそうだった」

「わ、わかりました。みんなで声をかけ合いましょう」

甜花は蝶に触れた。とたんに目の前に小さな女の子の姿を見る。鞠を持ってこっちを見て微笑んでいる。ああ、これは昔友達だった千摩《チマ》と遊んでいるんだわ……。

「甜々！」

白糸に名を呼ばれ、はっと目を覚ます。あぶないあぶない。誰かの幼い頃の夢に入ってしまったようだ。

蝶を網から外すとふわりと飛んで横穴へと消える。

そのあと、互いの動きを注視しながら、甜花たちは網から蝶を外していった。

甜花はたくさんの夢を見た。楽しい夢もあれば悲しい夢もあった。空を飛んでいたかと思うと、牛に押しつぶされていたりする。母親の死に直面して涙を流したり、愛しい人と触れ合う熱い夢も見た。

幸せな夢のときは、覚めたのが惜しいくらいだった。

「だいぶ減ったね」

紅天が巣を見て言った。確かに蝶の数は少なくなっている。

「魔物が留守でよかった、あともうちょっとだ。さっさとやっちゃおう」

甜花は紅天と白糸を見た。二人ともまだ陛下の夢を見たとは言わない。皇帝の夢はないのだろうか？　できれば自分が陛下の夢を助けたい……。

甜花は手を伸ばして上のほうではばたいている蝶に触れた。そのとたん、夢が流れ込んできた。

（あ、これ……）

甜花は目の前の少年に手を伸ばした。

（陛下だわ！）

四

丸い頬の幼い子供はとても愛らしい顔で笑っている。五歳くらいだろうか？　今の皇帝の面影は残っているが、とてもこんな表情ができるとは思えない。

（こんなにかわいらしかったのに、どうして今はあんな冷たいお顔になってしまったのかしら）

夢の中で幼子は少し年上の少年と遊んでいた。床に硝子玉を置いてそれを弾く遊びだ。どこだろう？　室内のようだ。甜花が見つめるとそこには壁ができ、本棚が生まれ、天井が広がってゆく。まるで描かれた絵の上に白い粉が撒いてあって、それを手のひらで払っていくように背景が現れる。

豪華な室内だ。床は大理石で磨きあげられている。薄い織りの布が大きな窓にかかり、風がそのすそで遊んでいる。明るい日差し。

陛下と遊んでいる少年の右腕に、七色の石の腕輪がはまっている。それは日差しに輝いて、壁に虹を映している。

（あの腕輪……！）

覚えている。あれは――図書宮で会ったおにいちゃんがしていたもの。

「あにうえのばんですよ」

幼い陛下が少年に呼びかける。甜花は驚いて少年の顔を見た。

（兄上、ですって？　え？　どういうこと!?　図書で出会ったのは陛下じゃなくて……陛下の兄上……だったの？）

少年は幼児に笑いかけ、硝子玉を弾こうと膝をついた。指先が透明な玉を弾く。その玉は光をまといながら甜花のつま先にまで転がってきた。

「…………」

硝子玉を目で追っていた少年は甜花の靴の先に気づいて顔を上げた。夢の中の少年と目が合う。その顔は図書で出会ったときより幼いが、確かにあの少年の顔だった。

（まさか、わたしが見えるの？）

少年は不思議そうな顔をして甜花を見つめる。

「君は――誰……？」

場面が変わった。

今度は窓には分厚い黒い布がかけられ、日差しは完全にさえぎられている。薄暗い部屋の中の寝台。寝布に埋もれるように、あの少年——今は青年となった人が横たわっていた。いくつになったのだろう。ずいぶん大人びて、そして衰弱していた。

あの明るい陽の中で、健康そうで明るかった頰は、やつれ、青ざめていた。目の下には暗い陰がある。

「兄上……」

枕元にはまだ少年の陛下がいた。他にも黒い衣装を身につけた大人たちが沈痛な面持ちで周りを取り囲んでいる。

「兄上——」

陛下は泣いている。青年はうっすらと目を開け、弟を見つめた。

「璃英《リエイ》……おまえはもう九つだ。泣いてはいけない」

「あ、兄上」

泣くなと言われて少年は洟《はな》をすすりあげる。ぐっと唇を嚙むが、涙があとからあとからこぼれてゆく。

「璃英……兄は毒を飲まされた……おまえは誰も信じてはいけないよ」

かすれた声で青年が囁く。陛下は涙で濡れた頰を兄にすりつけようとして、周りの大人に止められた。

（あの子――おにいちゃん、死んじゃうんだわ）

　甜花は胸が苦しくなった。あの図書宮で会った日、花の下で約束した彼が死んでしまう。これは陛下の夢だから……子供のときの思い出だから、わたしにはなにもできない。

（いやだ、わたしはあなたのお嫁さんになるのよ。約束したじゃない、あなたといっしょに鬼霊を視たり、それを退けたりするのよ――）

　甜花は寝台に駆け寄った。幼い陛下の上から少年を覗き込む。少年はうつろな視線を弟に向けていたが、その瞳が急にはっきりと見開かれた。

「君、は……」

（わたしがわかる？　あの日、図書宮で会ったわ！　甜花よ！）

「君……来てくれたのか……」

（来たわ、わたし、あなたのお嫁さんでしょう!?）

　少年はうっすらと微笑んだ。

「ごめん……僕は……父上のような……立派なひげの生えた皇帝には……なれなかった……」

（そんなのいいのよ！　ねえ、わたしはなにか力になれない？　おにいちゃんを助けられないの？）

「僕はもう……だめだ。だから頼む……」

　少年は寝布の中からやせて細くなった手を出した。甜花はその手を握ろうとしたが、すり抜けるばかりだ。

「弟を……璃英を……守って」

（いやよ、いや！　いかないで、おにいちゃん！　やっと会えたのに……）

「あにうえ、兄上！」

様子の変わった兄に、陛下はお付きの手を振りほどいて寝台に駆け寄る。

「いやだ、兄上！　逝かないで」

（いやよ、お願い、逝かないで）

陛下と甜花は重なり合いながら兄の手を握る。

「璃英……甜々……一緒にこの国を……」

握った手が冷たくなる。ああこの冷たさは、石よりも冷たいこの手は、柔らかかったのに急に硬くなるこの感触は。

知ってる、これは命の火が消えたものの。

「兄上！」

（おにいちゃん！）

再び場面が変わる。池のほとりだ。ずいぶん成長した、しかしまだ少年の面差しを持った陛下が、背を丸めて座っている。

「兄上……私の師が……もう何年も私を教えてくれていた師が、今日私を……殺そうとしました」

陛下は呟いて草むらに落ちていた小石を池に放った。池の水面に波紋ができ、映った空を歪ませてゆく。

「兄上は誰も信じるなとおっしゃった。確かにそうです。でも苦しいのです、寂しくて恐ろしい」

陛下はもうひとつ石を投げ、波紋を打ち消す。

「毒や武器を使わずとも人は殺せます。孤独で人は死ぬのです。人の心は殺されるのです……」

甜花は陛下の薄い肩を見つめていた。すべてを手にした若き皇帝。どんなに幸福なのだろうと思っていたけれど、いつもひとりぼっちなのだ。

（おかわいそうに……）

守ってほしいと言われたけれど、どうすればいいかわからない。わたしは所詮後宮の下働きだもの、陛下のお心には添えない。

そっと近づき、そばに腰を下ろす。鬼霊が視える陛下でも夢の中のわたしには気づかないのね、と甜花は思った。

（陛下はあのおにいちゃんじゃなかったけれど、わたしになにかできることがあれば……）

そのとき陛下が顔を上げ、なにかを探すようにきょろきょろした。その顔が甜花のほうを振り向いた。

「なんだ」

陛下の顔は今の陛下の顔になっていた。

「甜々か。おまえ、兄上のそばにいただろう」

「は、はい」

陛下は不思議そうに甜花を見つめ、それからからだを抱き寄せた。ぎゅっと押しつけられる胸は厚く温かで実体がある。背に回る力強い腕に、甜花はうっとりと身を任せた。

「そうか」

陛下の声が触れている胸から聞こえた。

「これは――夢だ」

「ええ、そうだわ」


そのとたん、甜花は地面に転がってしたたかに尻を打った。

「いったーい！」

「甜々、よかった、目が覚めた！」

紅天と白糸が覗き込んでいる。

「途中から声をかけてもぜんぜん目が覚めなくなって焦ったよ！　だめだよ、注意しろって言っただろう。夢に取り込まれてたんだぞ！」

「夢……」

そうだ、ずっとおにいちゃんや陛下のそばにいたいと思って。わたしは夢を見ていたんだ。陛下に触れることができたのも、わたしの夢とつながったから……？　え？　陛下に……触れ……。

「きゃあっ！」

顔が燃えるほど熱くなる。陛下のあの絹の服の感触を、胸に包まれた温かさを覚えている。この手に、胸に、頰に。

「わ、わ、わたしが好きだったのはあのおにいちゃんで――」

「甜々、なにを言ってるんですの」

白糸が苛立たしげに甜花の腕をひっぱりあげた。

「まだ蝶は残っていますわ、早くしないと」

「あ、ああ。はい、そうですね！」

甜花はあわてて立ち上がり、巣の蝶に手を伸ばす。

「はいはいはい、蝶！　蝶を逃がすんですね！」

「甜々、どうしちゃったんですの？」

「尻の打ち所が悪かったのか？」

顔から変な汗が出る。洞窟の中はひんやりと冷たいはずなのに、まるで真夏のように暑く感じる。

（あれは夢、夢、夢なのよ！　現実に陛下に触れたこともないのに、陛下のからだの感触なんてわかるわけないじゃない、ばかばか、甜花の破廉恥《はれんち》！）

まだ全身に残るその感触を振り払おうと、甜花は集中して蝶を網から外した。そのためか、他人の夢が入り込むことはもうなかった。

「よし、これでおしまい――」

高いところにいた蝶を紅天が飛び上がって外したとき、横穴から誰かが飛び出してきた。

「この……っ、こそ泥が！」

入ってきた人物を見て、甜花は「あっ」と声をあげた。

「朱蛛先生!?」

朱蛛はきれいに結っていた髪を振り乱し、白衣も汚してその場に仁王立ちになっている。なによりその顔が憤怒で醜く歪んでいた。

「あたしの蝶たちを盗んだね、よくも！」

「朱蛛……先生？」

朱蛛は甜花に目を留め、唇を三角の形に開いた。それは邪悪な笑みだった。

「ああ、甜花さん。あんただったの、泥棒は」

「泥棒って……先生、この蝶たちは」

「こいつらはあたしの大事な餌だったのに。冬がくる前に食い溜めしておかなきゃならなかったんだよ」

朱蛛のからだがむくむくと大きくなる。着ていた白衣は肩が、胸が、腰の部分がみるみる裂けていった。

「甜々、こいつ――こいつが奪夢羅だ」

紅天は甜花の前に立ちはだかり、手を広げた。

「まさか！　朱蛛先生は立派なお医司さまで……！」

「あの姿を見てもまだそんなことが言えますの⁉」

白糸の悲鳴まじりの声に「ああ、そうだ」と甜花はぼんやりと思う。知的で優しい女医司に毛むくじゃらの手足が八本もありはしない。胴体があんな牛ほどにふくらんでもいない。下半身が縦に割れて牙が覗いてもいない……。

「甜々、しっかりなさい！」

白糸に揺さぶられ、甜花は落ちそうになった意識を取り戻した。

「こ、これが奪夢羅――」

朱蛛は今は甜花たちの二倍、三倍ほどの大きさになり、巨大な毛の生えた蜘蛛のからだの上に女の姿を乗せている。ざんばらの髪を振り乱し、爪の生えた八本の脚を蠢かせた。

「確かに蜘蛛にも似てるけれど、お上品じゃありませんわね。失礼しちゃいますわ」

白糸が朱蛛を睨んで言った。

「なぜあなたのようなものが後宮にいるんですの」

「どうだっていいだろう、そんなことは！」

朱蛛の巨大な脚が振り下ろされる。白糸が引き裂かれる、と甜花は思わず目をつぶった。しかし、悲鳴は聞こえなかった。

「……？」

薄目を開けると白糸の眼前で朱蛛の爪が止まっている。よく見ると、いつ用意したのか、白糸は開いた両手の間に白い糸で目の粗い網を張っていた。その網が奪夢羅の爪を食い止めているのだ。

「糸はあたくしのもののほうが丈夫なようですわね」

白糸が腕を回すとあっという間に爪が包み込まれてしまう。奪夢羅はいやがって腕を振り回した。

「よそ見をするなよ！」

紅天がいつの間にか高く飛び上がっていた。

「紅天だってやるよ！」

つま先が奪夢羅の上部の朱蛛の顔にめりこむ。奪夢羅は悲鳴をあげて後ろに退いた。

「甜々、横穴にお逃げなさい」

白糸が叫ぶ。

「早く！　甜々」

紅天も叫んだ。甜花は首を振った。

「わ、わたしもなにか——」

「あなたになにができるんですの！　ただ鬼霊を視ることしかできないでしょう！」

奪夢羅が脚を振り回し、紅天の胴を払う。紅天の小柄なからだが岩に叩きつけられる。

「紅天！」

叫んだ白糸の背に巨大な爪が抉り込む。白糸は「ぎゃっ」と声をあげた。

「紅天さん！　白糸さん！」

岩に落ちた紅天は動かない。白糸も地面に縫い止められた。奪夢羅がからだをねじって甜花を見る。

だめだ、白糸の言うようにわたしにはなにもできない。鬼霊が視えることを褒められて、いい気になって、足手まといにしかならないじゃない。本をたくさん読んでたって、こんなとき指一本だって動かせない。

目の前の奪夢羅は巨大な絶望という形をしていた。

「覚悟おし――」

鈍く光る爪が天を向き、甜花はとっさに頭を覆った。

（ごめんなさい、おじいちゃん！　図書宮の書仕になれなくて。ごめんなさい、おにいちゃん。陛下を守れなくて。ごめんなさい、陽湖さま、勝手な真似をして――）

だが、衝撃はなかなかこない。もしかしてさっきのように白糸が網を――と甜花が目を開けると、そこには見知らぬ背中があった。青灰色の短い毛がびっしりとそのからだを覆っている。尻からは七本の尻尾が伸びて揺らめいていた。

「行きがかり上、助太刀してやるよ」

甜花の知らない女はがっちりと奪夢羅の爪を腕で抱えていた。

「ほうら」

女がぐっと腰を入れた。その腕の中で奪夢羅の脚が回転し、巨体が地面に叩きつけられる。

「にゃあっ」

横穴から飛び出した你亜が、腕を振り上げ倒れた奪夢羅の腹を引っ掻く。しかし、その部分の皮膚は硬かったようで、かえって弾き飛ばされてしまった。

「下がっていろ、你亜」

ゆっくりと現れたのは陽湖だった。

「陽湖さま！」

「無事か、甜々」

微笑みに甜花は安堵する。陽湖さまが来てくださった。もう大丈夫だ。

「よくも私のかわいい甜々を怖い目に遭わせてくれたな」

陽湖は起き上がってきた奪夢羅に鋭い目を向ける。

「なんだ貴様！　なぜ邪魔をする。なぜおまえが人間の味方をするのだ！」

奪夢羅の下腹部が震え、巨大な口が開いたり閉じたりする。

「あたしを後宮へ引き入れたのも人間だぞ、あたしが妖だと知っててな。皇帝とやらを殺すためだ。そんな腐った人間を守るというのか！」

「甜々」

陽湖はすっくと背を伸ばし、背後の甜花に声をかける。

「は、はい、陽湖さま」

「……これは夢だからな」

「は？」

陽湖は右手を上げた。その手がみるみる大きく太くなり、白く固《こわ》い毛が生えてくる。ビキビキとなにかを破るような音がして、指の先に鋭い爪が生えてきた。

ばさり、と陽湖の腰から三本の銀色の尾が落ちる。

その尾が地面を叩いたかと思うと、陽湖は飛び上がっていた。

（ああ、そうか、夢か）

甜花は陽湖の大きな爪が、奪夢羅を引き裂くのを見た。朱蛛の美しい顔から胸へ、そしてその下の巨大なけむくじゃらの胴体へ。

真一文字に陽湖の爪が切り下ろす。

（夢だ）

真っ黒な血が奪夢羅から噴き出すのを見て――。

意識が遠くなった。

「……ん、てん……甜々」

誰かが呼んでいる。もう少しこの生ぬるい気持ちのよい眠りの中にいたいのに。

「甜々！」

揺すられて目を覚ました。どうやら寝台の中にいるようだ。周りには白糸や紅天がいて、心配そうな顔をしている。

「ああ、よかった。気がついた」

甜花はあわてて起き上がった。ここは普段甜花が寝ている、下働きが休む部屋だ。

「白糸さん、紅天さん、からだは大丈夫ですか!?」

「からだ？」

「なにもないですわよ」

紅天と白糸はきょとんとした顔で甜花に言った。確かに二人とも大丈夫そうだ。白糸は背中を奪夢羅に突き刺されたはずなのに。

「甜々、あなたずっと眠っていたんですわよ」

「長い夢でも見てたのか？」

「夢？」

それで思い出す。あの洞窟の白い蝶たちは。

「蝶は、夢はどうなったんですか」

「ああ、あの白い蝶」

「そうです、陛下は!?　陛下の夢は」

「大丈夫。網に囚われていた蝶を全部外したら、眠り病の人たちはみんな目覚めたよ」

「ああ、よかったあ」

甜花はほおっと長い息を吐き、頭を枕に戻した。

「だけどさあ、甜々が途中で眠っちゃって起きなくなったときは困ったよ」

「ほんとですわ、結局あたくしと紅天で片づけて、あなたを地上まで運んだんですの」

「え?」

「注意しろって言ったのに……まあ結局最後の蝶が甜々の夢だったらしくてこうやって起きたけど」

「え、あの、ちょっと待ってください……」

甜花は頭を押さえた。

「わたし、眠っちゃった?　いえ、確かに眠ったとは思うんですけど、そのあとちゃんと起きて、それで奪夢羅が来て陽湖さまが来て……陽湖さまに……三本のしっぽが」

甜花の声はどんどん小さくなっていった。

「陽湖さまはおいでではなかったですわよ?」

白糸が唇をとがらせる。

「あの金木犀の木が奪夢羅の巣だったことは間違いないけど、紅天たちが蝶を全部外したら力をなくしたらしくて逃げちゃったみたい」

「そうですわ。なんだかちっちゃなムカデみたいなものでしたわよ」

「え？　え？」

あの恐ろしい巨大な奪夢羅がムカデ？　ちっちゃい？

「あ、あの……奪夢羅が朱蛛医司で……」

「朱蛛医司たちは眠り病の責任を取らされて後宮を出されましたわよ」

「はあ？」

白糸と紅天は気の毒そうな顔で甜花の額に触れたり、肩を撫でたりした。

「甜々、なんだかまだ混乱しているみたいですわね」

「変な夢を見ちゃったんだねえ、かわいそうに」

「えええええ――――？」

終

白糸と紅天の言うところによると、甜花が白い蝶を追って金木犀の虚に入ったのは確かだ。

そこで網に囚われている白い蝶を見つけた。白い蝶は奪夢羅の術で人の夢が形を変えられたもので、それを網から外して眠り病の人々は目覚めた。

奪夢羅は甜花が夢で見た化物のようなものではなく、小さなムカデのような妖で、それはあっさり逃げてしまった。そして金木犀は。

「ほんとだ、枯れてる」

巨木はすべて花を落とし、葉を辺りにまき散らして立ち枯れている。虚はあったが地の底にまで続くようなものではなく、ちゃんと地面がある。

甜花は枯れた金木犀の前から立ち上がった。

「どこから夢だったんだろう」

白い蝶を外して眠り病の人たちを助けたのはいいけれど、病が妖の仕業だとは言えなくて、結局原因不明のまま。朱蛛をはじめ医房の医司たちは陛下を眠り病にしたという責任をとらされ後宮を追放されたそうだ。

館吏官長にだけは本当のことを伝えたが、信じてもらえたかどうか。動かない表情で甜花を見て、「そうですか」とだけ言った。

金木犀をあとにして、甜花は封疫神の祠へ向かった。これは皇帝陛下の、そして皇帝の兄上の母上が守る祠。右腕が納められている墓所。

(陛下の兄上の夢も……ただの夢だったのかな)

夢の中で夢を見たのか。都合のいい夢を。

甜花は祠に花を手向け、手を合わせた。

「どうか陛下をお守り下さい。お一人でお寂しい陛下を」

祈る甜花の背中を木立の陰から陽湖と銀流が覗いている。

「なんとか甜々には私の正体をごまかせたようだな」

「金木犀の始末はともかく、朱蛛の履歴まで変えるのは大変でしたよ。いったいいつまで後宮暮らしを続けるおつもりで？」

「決まっているだろう」

陽湖は赤い唇をにっと引いた。

「甜々の幸せを見届けるまでだ」

銀流はやれやれと長い首を振ってため息をつく。

「世間ではそれを過保護というのでございますよ……」

「しっ、銀流。誰か来たぞ。あれは――」


頭を垂れ、祈っている甜花の耳に、草を踏みしだく音が聞こえた。誰が来たのだろうと顔を上げると、そこには皇帝の姿があった。

「へ、陛下！」

「なんだ、そなた。また花を持ってきてくれたのか」

皇帝の手にも花があった。

「あ、す、すみません！　さしでがましいことを。すぐに片づけます！」

「いや、いい。母は花が好きだったから」

皇帝は腰が抜けて立てない甜花の隣に膝をつくと、母親の祠に自分が持ってきた花を置いた。

そして手を合わせ、頭を垂れるが、その口から小さなあくびがもれる。

「いや、すまぬ。どうも最近寝付きが悪くて……この間の眠り病騒ぎで寝過ぎたせいかな」

「あ、わ、わたしもです……っ」

甜花はそう言ってもう一度頭を下げた。薄目でうかがうと、皇帝は目を閉じ、熱心に祈っているようだった。

「眠っていたとき……」

皇帝は目を開けずに一人言のように呟く。

「夢を見た。夢の中に……そなたがいた」

「はい？」

思わず目を大きく開くと、皇帝も目を開けて甜花を見つめている。

「兄の夢だ」

「お兄さまの……」

皇帝はたもとから七色に光る石の腕輪を取り出した。

「兄から聞いていた。図書宮で自分と同じように鬼霊が視える少女と出会ったと。皇は子供の頃は視えなかったから兄や母とその苦しみを分かち合えなかった。少女の名は甜々。兄はとても喜んでいて、結婚の約束をしたと言っていた。それで」

皇帝は甜花の腕をとり、その腕輪を白い手首に通した。

「なぜ約束の印にこの腕輪を渡さなかったのだろうとずっと後悔していた」

おにいちゃんがおうさまになったらおきさきさまになってあげる……。

花房の下でこっそりと交わした約束。

とろりと甘い香りが幼いわたしとあの方を包んで。

「遅くなったが受け取ってくれるか？　兄のために」

「わ、わたし……」

甜花の目に涙が浮かんだ。

「わたし、おにいちゃんと約束したの……」

「うん」

「おにいちゃんが死んだなんて知らなかったの」

「うん……」

ぽろぽろと涙をこぼす甜花の背を、皇帝は優しく撫でた。

「おにいちゃんのこと、ずっと好きだった……」

叶わなかった初恋、失った許嫁。でもこの気持ちだけは永遠だ。

「兄上さまのお名前はなんとおっしゃるのですか？」

忘れてしまった名前。名を呼べないのがつらい。

「兄の名は瑠昂《ルコウ》」

「瑠昂さま……」

胸の中で呼んでいいよね？　わたしの初恋の人、瑠昂——。

「夢の中にいただろう、甜々」

皇帝に問われ、こくりと甜花はうなずいた。

「皇の名を知っているかい？」

「……璃英……陛下」

「陛下はいらないよ」

甜花は腕輪をはめた右手の拳で涙をぐいっとぬぐった。

「わたし、璃英さまをお守りします。お兄さまと約束しました」

「そうか」

「そのためにももっとたくさん本を読んで勉強します。おじいちゃんが知識で人を救ったように璃英さまをお助けします。いつかわたしは……」

「うん」

「図書宮の書司になります」

「……なんだ、お嫁さんじゃないのか」

璃英の呟きは甜花には聞こえなかった。そのとき盛大に洟をすすってしまったので。

「なんですか？」

「いや」

甜花が見上げると、璃英は少し不機嫌な顔でそっぽをむく。

あれ？　今決意を表明したのに無視されちゃったかな……。

甜花は璃英の冷たい美貌を見てがっかりした。

さまざまな陰謀渦巻く後宮だが、璃英と甜花のいる場所ばかりは日差しが温かく落ち、光が満ちているようだった。

あとがき

『百華後宮鬼譚』、いかがでしたか？　ポプラさんからは二冊目の文庫です。前回は女の子たちが自分の甦《よみがえ》りを賭けて他人を幸せにしようと頑張る話（『明日、世界《キミ》が消える前に』）でしたが、今回もヒロインが頑張っています。

大好きなおじいちゃんの残した膨大な書物、それを保管し役立てるために、国で一番と呼ばれる後宮の図書宮に勤めたい！　そんな思いで後宮に入った甜花。ところが思惑と違って図書宮の下働きではなく、妃の館の下働きにさせられてしまいます。しかもその妃、陽湖さまは魅力的だけどなんだか不思議な人物で……。

甜花は図書宮に勤めることが出来るのか？　不思議な妃はいったいなにものなのか？　と、まあ、こんな感じの中華風後宮物語です。

厳密に中華というわけではなく、あくまでも「風」なので、固有名詞などはオリジナルの創作単語も多々あります。

皇帝は自分のことを「皇」と言ったり、頭にかぶっているベールはブエルと呼んだり、幽霊のことは鬼霊と書いたりします。できるだけニュアンスでわかるようには書いていますが、むずかしいところがあったらごめんなさい。

最初はもうちょっと後宮内での女性同士のどろどろどろんとした話を、と思っていたのですが、思ったより甜花や陽湖さまが元気に暴れ回ってしまいました。特に陽湖さまがちっとも言うことを聞かず、おとなしくしてくれません。

キャラクターが自由に動いてくれるのは作者としては嬉しいことなんですが、どんどんページを乗り越えていくので枚数が増えてしまいました。

それでも最初に書き始めたときは、ゴールが見えずに頭を抱えました。

大抵は全体のストーリーが出来てからとりかかるのですが、今回だけは着地点を決めずに書き始めたので、書いている途中で陽湖さまや甜花があっちだ、こっちよと引っ張っていってくれた感じです。甜花と皇帝の関係もこうなるとは実は思っていなかった！

甜花たちが長いほうきを持っていて、それで真っ白な床を掃いていくと、そこに色鮮やかな後宮の絵物語が広がってゆき、私はそれをそのまま写し取っていく、というような不思議な体験をしました。

しのとうこさんのかわいくて素敵な甜花もいただき、那ノ国の後宮はどんどん広がっていきます。回廊が長くなり、庭は奥深くなり、人がどんどん出てきて、物語がそここで甘い香りを放ち、実っていきます。

キラキラ光る宝石のようなそれをもぎとって、また皆さんにお届けしたいなと思ってますので、応援よろしくお願いします。

二〇二一年一月　カフェオレにチョコレートとマシュマロを足しながら。

百華後宮鬼譚

目立たず騒がず愛されず、下働きの娘は後宮の図書宮を目指す

霜月りつ

2021年2月5日初版発行

発行者……………千葉 均
発行所……………株式会社ポプラ社
〒102-8519 東京都千代田区麹町4-2-6
電話……………03-5877-8109(営業)
03-5877-8112(編集)
フォーマットデザイン 荻窪裕司(design clopper)
組版・校閲 株式会社鷗来堂
印刷・製本 中央精版印刷株式会社

ポプラ文庫ピュアフル

ホームページ www.poplar.co.jp

N.D.C.913/301p/15cm
ISBN978-4-591-16906-3
P8111309

呪いを解くために、偽りの妃として後宮へ――。

顎木あくみ

『宮廷のまじない師
白妃、後宮の闇夜に舞う』

装画：白谷ゆう

白髪に赤い瞳の容姿から鬼子と呼ばれ親に捨てられた過去を持つ李珠華は、街でまじない師見習いとして働いている。ある日、今をときめく皇帝・劉白焔が店にやってきた。珠華の腕を見込んだ白焔は、後宮で起こっている怪異事件の解決と自身にかけられた呪いを解くこと、そのために後宮に入ってほしいと彼女に依頼する。珠華は偽の妃として後宮入りを果たすが、他の妃たちの嫉妬と嫌悪の視線が珠華に突き刺さり……。『わたしの幸せな結婚』著者がおくる、切なくも愛おしい宮廷ロマン譚。

二人の龍神様にはさまれて……!?
あやかし契約結婚物語

佐々木禎子
『あやかし温泉郷 龍神様のお嫁さん…のはずですが!?』

装画：スオウ

札幌の私立高校に通う宍戸琴音は、ある日学校の帰りに怪しいタクシーで「とこよ」のボロい温泉宿につれていかれる。そこには優しく儚げな龍神ハクと、強面で高圧的な龍神クズがいた。病弱な親友ハクの嫁になって助けるように、とクズに命じられた琴音は、とりあえず宿の仕事を手伝うことに。ところがこの二人、仲が良すぎて、琴音はすっかり壁の花…？　イレギュラー契約結婚ストーリー！